Natsume Soseki

教師失格
夏目漱石教育論集

大井田義彰［編］

GTP 東京学芸大学出版会

はじめに　教育者としての漱石

二〇一六年（平成28）に没後百周年、翌一七年（平成29）に生誕百五十周年という節目の年を迎え、「国民作家」としてますます脚光を浴びつつある夏目漱石が、本来、英文学の研究者であったのは比較的よく知られていよう。だが、その彼が、じつは大学や中等学校で長年教鞭を執ってきた教師でもあったということはこれまで案外顧みられていない。

漱石が初めて正式に学校の教壇に立ったのは一八九二年（明治25）、満年齢で二十五歳の時のことで（塾教師ならその六年も前に体験している）、教職から完全に離れるのは朝日新聞社に入社する一九〇七年（明治40）のことだから、その間およそ十五年。熊本第五高等学校在職中に出かけたロンドン留学期間を差し引いても、ほぼ十三年もの長きにわたって教師生活を続けていたのである。

一方で、彼の作家としての活動期間は「吾輩は猫である」でデヴューした一九〇五年（明治38）から一九一六年（大正5）に亡くなるまでのおよそ十一年間だから、なんとそれより数年長い。あらためて言うまでもないことかもしれないが、文豪漱石は教員でもあったのだ。

それにもかかわらず、漱石の教師としての仕事ぶりや教職に関する年季の入った知見は、一般に必ずしも広く知られてきたとはいえない。作家漱石と比べると、教師漱石はどうしても多少見劣りすると言わざるをえないからである。

たとえば次に、妻鏡子が語っていた彼の教え子への接し方を窺わせるエピソードの一つを紹介してみよう。

（漱石は息子が）学校からかえって来ると、書斎へ呼んで教えます。それを隣の部屋できいていますと、莫迦《ばか》野郎莫迦野郎の連発で、とうとうしまいには男の子が泣き泣き書斎から出てまいります。どうも教えてるより、莫迦野郎の方が多いくらいです。そこで私が見るに見かねて申すことです。

「あなたののは傍《そば》できいていますと、教えるより叱るほうが多いじゃありませんか。これまでずいぶん方々の学校で先生をしてらして、いつもあんなに生徒に向かって莫迦野郎と呶《ど》鳴《な》り続けているんですか」

「あいつは特別できないからだ。いったいおれはできない生徒にはどこの学校でも仇敵《かたき》のように思われたもんだが、そのかわりできる生徒からは非常にうけがよかったもんだ」とこう申しますから、

「でも相手は子供じゃありませんか。そんなに莫迦莫迦と叱ってらっしゃる間に、できなけりゃ深切に手をとって教えたらいいでしょうに」

と申しますと、あいつは頭が悪いんだとか何とか言っておりますが、それからというものはあんまり莫迦莫迦を言わなくなりました。いったいこんな些細《ささい》なことでも、その時はぐずぐず申しておりましても、自分が悪いと思えば後ですぐに改める質《たち》の人でした。

（夏目鏡子述・松岡譲筆録『漱石の思い出』）

ここで教えを受けているのは当時九段の暁星小学校に通っていた長男の純一だから、もちろん、漱石が教員として接した一般の生徒たちと同列に論じるわけにはいかないが、ただ「莫迦野郎」の連続、しかも「できない生徒」と「できる生徒」とを明瞭に区分したこの妻への反論はどうか。鏡子はいかにもおおらかなその人柄を窺わせるかのように、彼が口にした内容には少しも頓着せず、夫の改心の素早さを褒めているのだが、「できない生徒」には嫌われても「できる生徒」には受けがよかったとするこの発言は突っ込みどころ満載で、日頃教育現場に身を置く者がこのような類いの発言をしようものなら、たとえ家内のことではあってもいまなら即「教師失格」と言い返され、いっそう非難されかねないのではないだろうか。

むろん、漱石もある程度、それはわかっていたのに違いない。だが、初めての授業で生徒に「あまり早くて分からんけれ、もちっと、ゆるゆる遣って、おくれんかな、もし」と頼まれて、「早過ぎるなら、ゆっくり云ってやるが、おれは江戸っ子だから君等の言葉は使えない、分からなければ、分かるまで待ってるがいい」と答えていた「坊っちゃん」の主人公同様に、漱石もやはり極端に正直で潔癖すぎる心性を有していたがゆえに、口先だけの嘘がつけないのである。右のケースの場合、相手が気を許した妻なのでそこまで身構える必要もなかったのかもしれないが、たいていの人間にとって避けることのできない建前でのやりとりを、どうやらかなり苦手としていたようなのだ。

東京専門学校（早稲田大学の前身）を皮切りに、彼がおよそ十三年間近い教師生活の傍らで作家活動を開始したのも、高浜虚子の進言など多々偶然も重なっていたようだが、一つには、自身のそのような心性や価値意識が、得てして建前に傾きがちな当時の、いや、今なお続く教育の現場にそぐわないことをどこかで強く意識してしまったことが原因なのではないだろうか。

漱石の教職への苦い思いは、いやいや教員暮らしを続けている中学教師苦沙弥先生の周辺を描いた「吾輩は猫である」などにも明瞭に見て取れるが、その意味で、漱石の転身は彼自身にとって、また、それ以上に彼の文学を敬慕するその後のすべての読者にとって、まさに時宜を得た適切な選択であったというべきだろう。

だが、それがはたして日本の教育界全体にとってどうだったのかと問われれば、残念ながら即答はできない。またむろん、だからといって漱石が教員不適格者であったということでもない。

勤務先の生徒たちを「教場の小僧共」と呼んで嫌悪の思いを吐露して憚らなかった「坊っちゃん」の主人公とは違って、漱石が教え子思いのじつに熱心な教育者であったことはすでに数多い彼の生徒や弟子たちが証言しているし、松山や熊本での中等学校教員時代の教育実績についても、たとえば独自の教科書作りなど、近年いくつもの興味深い発見や調査結果が次々と報告されている。たしかに漱石が随所で自身が教育者向きではないことを表明していたのも事実だが、しかし、おそらくそれは教育にあまりに高い理想を抱いていたがゆえなのだ。

本書はその彼の、これまでさほど日の目を見ることが多くはなかった教育関連の文章や講演・談話など十編と若干の関連文章を集めた文集で、専門の英語教育論を中心に、教育に関するさまざまな意見や提言が詰め込まれている。ぜひとも彼のそのような熱い思いを味わっていただきたい。

いうまでもなく、漱石が生きた時代は近代教育が始まってまだ間もないころで、朝令暮改の感もなかったとはいえない学校制度はもちろんのこと、社会全体に共有されていた教育観や倫理観、国家観等、何もかもが現在とはかなり異なっていた。そんななかで、時代を代表する知性と感性の持ち主が、いったいどのような思考を繰り広げ、また、次世代にどのようなメッセージを発していたのかも確認してみてほしい。

なお、本書のメインタイトルである「教師失格」とはもちろん、漱石の自己認識をふまえて付けたもので、漱石への評言ではない。だから、意味内容からすると反語と捉えてもらってもかまわないが、あえて本書にこの言葉を冠したのは、加えて、逆に自ら「失格」と思っていない「教師」について、少し思いを巡らせてみてほしいと思ったからである。

ここで本書の構成に触れておくと、全体は三部構成で、末尾に漱石の師についての文章を収めた。

Ｉの「教師への道」には若き漱石の信念と、彼が教師を志すようになるまでの遍歴やエピソード等を記した三編の文章を集めた。巻頭の「愚見数則」は漱石が教え子に示したユニークな人生訓だが、そのままで本書全体を貫くテーマを明かす貴重なメッセージともなっている。また、一般には十九歳の時の落第が、それまで怠け学生であった漱石に大きな転機をもたらしたということになっているのだが、はたしてその真相は？

Ⅱの「学校教育と語学養成法」が本書の特色をもっともよく表している箇所で、ここには明治前半期の中等教育のあり方を総合的に論じた論文のほか、主に英語の上達法を説いた全五編を収めた。どれも全集でなら読むことはできるが、これまでほとんど注目されてこなかったものばかりで、英語教育に携わる学生および教師としての漱石の面目が躍如としていて、興味深い読み物になっている。はたして夏目先生の英語の授業はどのようなものであったのか。少しその授業を覗いて教えを受けてみよう。

Ⅲの「教育と文学と人生と」には、比較的よく知られている二つの講演の筆記録を並べた。とくに最後の「私の個人主義」は漱石の代表的講演の一つで、ご存知の方も多いかと思うが、教育という観点からあらためて読み直していただくと、漱石の教育者ぶりが目に止まり、また新たな発見があるのではないかと思う。

末尾の「クレイグ先生とケーベル先生」には、漱石が記した二人の恩師ともいうべき先生についての文章を集めた。どれも教育に直接言及したものではないが、漱石の二人への暖かなまなざしは、単に彼の教育歴の一端を伝えるのみならず、彼がどのような教師を、また、教育を理想としていたのかをもおのずと表現していよう。

漱石が生きた時代同様に、日本は今また大きな転換期を迎えている。教育の世界もむろん例外ではなく、ネットの普及にともなうグローバル化やデジタル化の波、さらには人工知能（ＡＩ）のめざましい発達等で、かつての教育モデルが単純には通用しなくなっている。百数十年前の激動期を、作家としてまた教師としても生き抜いた漱石のメリハリの利いた論理は、いまなおけっして古びておらず、このような時代の課題を克服する貴重な手掛かりを与えてくれるはずである。

もちろん、思考の土台となる背景が、漱石の時代と現在とでは著しく変わってしまっているから、ときにわかりにくい表現に出会うこともあるかもしれないし、納得しがたい論理につきあわされる場合もあるだろう。しかし、そういう時は無理せず軽く読み飛ばしてもらってもかまわない。何より漱石のみずみずしい思考と感性とを楽しんで、これからの教育や社会のありようを考える一助にしていただきたい。

大井田　義彰

教師失格　夏目漱石教育論集　目次

本書について

本書は、夏目漱石の教育にかかわる文章、談話、講演録等を集めたアンソロジーです。岩波書店刊『漱石全集』(一九九三年版)および同全集補遺(二〇〇四年)を底本とし、次の方針に則って編集しました。

一、旧かなづかいを現代かなづかいとした。
一、難読漢字には適宜、ふりがなを加えた。
一、代名詞・副詞・接続詞など、多用されている漢字語を適宜、ひらながに改めた。
一、本文の注は、底本の注を参照しつつ、編者が独自に脚注として付した。
一、収録作品の末尾に、編者による解説を付した。
一、各部の末尾に、編者によるコラムを収めた。

なお、本書には、今日では社会通念上、不適切と思われる表現がありますが、各作品の発表当時の時代的背景と、著者が故人である事情に鑑み、そのままとしました。

(編集部)

教師失格　夏目漱石教育論集

I

教師への道

愚見数則

＊初出　愛媛県尋常中学校『保恵会雑誌』第四十七号、一八九五年（明治28）十一月二十五日。

理事来《きた》って何か論説を書けと云《い》う、余《よ》この頃脳中払底、諸子に示すべき事なし、然《しか》し是非に書けとならば仕方なし、何か書くべし、ただし御世辞は嫌いなり、時々は気に入《い》らぬ事あるべし、また思い出す事をそのまま書き連ぬる故《ゆえ》、箇条書の如《ごと》くにて少しも面白かるまじ、ただし文章は飴細工の如きものなり、延ばせばいくらでも延る、その代りに正味は減るものと知るべし。

昔しの書生は、笈《きゅう》＊を負いて四方に遊歴し、この人ならばと思う先生の許《もと》に落付く、故に先生を敬う事、父兄に過ぎたり、先生もまた弟子に対する事、真の子の如し、これでなくては真の教育という事は出来ぬなり、今の書生は学校を旅屋《たびや》の如く思う、金を出して暫《しば》らく逗留《とうりゅう》するに過ぎず、厭《いや》になればすぐに宿を移す、かかる生徒に対する校長は、宿屋の主人の如く、教師は番頭丁稚《でっち》なり、主人たる校長すら、時には御客の機嫌を取らねばならず、況《いわ》んや番頭丁稚をや、薫陶どころか解雇されざるを以《もっ》て幸福と思う位なり、生徒の増長し教員の下落するは当前の

笈　旅で用いる竹で編んだ物入れ。

事なり。

勉強せねば碌《ろく》な者にはなれぬと覚悟すべし、余《よ》自ら勉強せず、しかも諸子に面する毎《ごと》に、勉強せよ々々という、諸子が余の如き愚物となるを恐るればなり、*殷鑑《いんかん》遠からず*勉旃《これをつとめよ》々々。

余は教育者に適せず、教育家の資格を有せざればなり、その不適当なる男が、糊口《ここう》の口を求めて、一番得易《えやす》きものは、教師の位地なり、これ現今の日本に、真の教育家なきを示すと同時に、現今の書生は、似非《えせ》教育家でも御茶を濁して教授し得ると云う、悲しむべき事実を示すものなり、世の熱心らしき教育家中にも、余と同感のもの沢山あるべし、真正なる教育家を作り出して、これらの偽物を追出すは、国家の責任なり、立派なる生徒となって、かくの如き先生には到底教師は出来ぬものと悟らしむるは、諸子の責任なり、余の教育場裏より放逐《ほうちく》さるるときは、日本の教育が隆盛になりし時と思え。

月給の高下にて、教師の価値を定むるなかれ、月給は運不運にて、下落する事も騰貴《とうき》する事もあるものなり、*抱関撃柝《ほうかんげきたく》の輩《はい》時にあるいは公卿《くぎょう》に優るの器を有す、これらの事は読本を読んでもわかる、ただわかった許《ばか》りで実地に応用せねば、すべての学問は徒労なり、昼寐《ひるね》をしている方がよし。

教師は必ず生徒よりえらきものにあらず、偶《たまたま》誤りを教うる事なきを保せず、故に生徒は、どこまでも教師の云う事に従うべしとは云わず、服せざる事は抗弁

殷鑑遠からず　古代中国の殷王朝が前代の夏王朝の滅亡を鑑（かがみ）として戒めたとされることから、失敗の先例はすぐ近くにあるという教訓。

勉旃　勉めなさいという意味の励ましの言葉。「旃」は「之」に同じ。

抱関撃柝　身分の低い小役人。「抱関」は門番で、「撃柝」は拍子木を打って回る夜警のこと。

すべし、ただし己《おの》れの非を知らば翻然として恐れ入るべし、この間一点の弁疎《べんそ》を容《い》れず、己れの非を謝するの勇気は之《これ》を遂げんとするの勇気に百倍す。

狐疑《こぎ》するなかれ、躊躇《ちゅうちょ》するなかれ、*驀地《ばくち》に進め、ひとたび卑怯未練の癖をつくれば容易に去り難し、墨を磨して一方に偏する時は、中々平にならぬものなり、物は最初が肝要と心得よ。

善人許《ばか》りと思うなかれ、腹の立つ事多し、悪人のみと定むるなかれ、心安き事なし。

人を崇拝するなかれ、人を軽蔑するなかれ、生れぬ先を思え、死んだ後を考えよ。人を観《み》ばその*肺肝を見よ、それが出来ずば手を下す事なかれ、水瓜《すいか》の善悪は叩いて知る、人の高下は胸裏の利刀を揮《ふる》って真二《まふたつ》に割って知れ、叩いた位で知れると思うと、飛んだ怪我をする。

多勢を恃《たの》んで一人を馬鹿にするなかれ、己れの無気力なるを天下に吹聴するに異ならず、かくの如き者は人間の糟《かす》なり、豆腐の糟は馬が喰う、人間の糟は*蝦夷松前の果《はて》へ行《いっ》ても売れる事ではなし。

自信重き時は、他人之《これ》を破り、自信薄き時は自ら之を破る、寧《むし》ろ人に破らるるも自ら破る事なかれ。

厭味を去れ、知らぬ事を知ったふりをしたり人の上げ足を取ったり、嘲弄したり、冷評したり、するものは厭味が取れぬ故なり、人間自身のみならず、詩歌俳

驀地　まっしぐら。

肺肝　心の奥底。

蝦夷松前　北海道南端の町名。江戸時代、松前藩の城下町として栄えた。

諸共《とも》厭味のあるものに美くしきものはなし。

教師に叱られたとて、己れの直打《ねうち》が下がれりと思う事なかれ、また褒められたとて、直打が上ったと、得意になるなかれ、鶴は飛んでも寐ても鶴なり、豚は吠《ほえ》ても呻《うな》っても豚なり、人の毀誉にて変化するものは相場なり、直打にあらず、相場の高下を目的として世に処する、之を才子《さいし》と云う、直打を標準として事を行う、之を君子と云う、故に才子には栄達《えいたつ》多く、君子は沈淪《ちんりん》を意とせず。

平時は処女の如くあれ、変時には脱兎の如くせよ、坐る時は大磐石《だいばんじゃく》の如くなるべし、ただし処女も時には浮名《ふめい》を流し、脱兎稀《まれ》には猟師の御土産となり、大磐石も地震の折は転がる事ありと知れ。

小智を用るなかれ、権謀を逞《たくまし》うするなかれ、二点の間の最捷径《さいしょうけい》は直線と知れ。

権謀を用いざる可《べか》らざる場合には、己より馬鹿なる者に施せ、利慾に迷う者に施せ、毀誉に動かさるる者に施せ、情に脆《もろ》き者に施せ、御祈禱でも呪咀《じゅそ》でも山の動いた例《ため》しはなし、一人前の人間が狐に胡魔化《ごまか》さるる事も、理学書に見えず。

人を観よ、金時計を観るなかれ、洋服を観るなかれ、泥棒は我々より立派に出で立つものなり。

威張るなかれ、諂《へつら》うなかれ、腕に覚えのなき者は、用心の為に六尺棒を携えたがり、借金のあるものは酒を勧めて債主を胡魔化す事を勉む、皆己れに弱味があればなり、徳あるものは威張らずとも人之《これ》を敬い、諂わずとも人之を愛す、太鼓の鳴るは空虚なるが為なり、女の御世辞のよきは腕力なきが故なり。

妄《みだ》りに人を評するなかれ、かような人と心中《しんちゅう》に思うて居ればそれで済むなり、悪評にて見よ、口より出した事を、再び口へ入れんとした処《ところ》が、その甲斐なし、況《ま》して、また聞き噂などいう、薄弱なる土台の上に、設けられたる批評をや、学問上の事については、無暗《むやみ》に議論せず、人の攻撃に遇《あ》い、破綻をあらわすを恐るればなり、人の身の上については、尾に尾をつけて触れあるくこれ他人を傭《やと》いて、間接に人を撲《う》ち敲《たた》くに異ならず、頼まれたる事なら是非なし。

頼まれもせぬに、かかる事をなすは、酔興《すいきょう》中の酔興なるものなり。

馬鹿は百人寄っても馬鹿なり、味方が大勢なる故、己れの方が智慧ありと思うは、了見違いなり、牛は牛伴《づ》れ、馬は馬連れと申す、味方の多きは、時としてその馬鹿なるを証明しつつあることあり、これ程片腹痛きことなし。

事をなさんとならば、時と場合と相手と、この三者を見抜かざるべからず、その一を欠けば無論のこと、その百分一を欠くも、成功は覚束《おぼつか》なし、ただし事は、必ず成功を目的として、揚ぐべきものと思うべからず、成功を目的として、事を揚ぐるは、月給を取る為に、学問すると同じことなり。

人我《われ》を乗せんとせば、差支《さしつか》えなき限りは、乗せられて居るべし、いざという時に、痛く抛《な》げ出すべし、敢《あえ》て復讐というにあらず、世の為め人の為めなり、小人は利に喩《さと》る、己れに損の行くことと知れば、少しは悪事を働かぬ様《よう》になるなり。


*牛は牛伴れ、馬は馬連れ　同類の者同士が相伴うこと。

言う者は知らず、知るものは言わず、余慶《よけい》な不慥《ふたしか》の事を喋々《ちょうちょう》する程、見苦しき事なし、況《いわ》んや毒舌をや、何事も控え目にせよ、奥床《おくゆか》しくせよ、無暗に遠慮せよとにはあらず、一言も時としては千金の価値あり、万巻の書もくだらぬ事ばかりならば糞紙に等し。

損徳と善悪とを混ずるなかれ、軽薄と淡泊を混ずるなかれ、真率《しんそつ》と浮跳《ふちょう》とを混ずるなかれ、温厚と怯懦《きょうだ》とを混ずるなかれ、磊落《らいらく》と粗暴とを混ずるなかれ、機に臨み変に応じて、種々の性質を見《あら》わせ、一有って二なき者は、上資にあらず。

世に悪人ある以上は、喧嘩は免《まぬか》るべからず、社会が完全にならぬ間は、不平騒動はなかる可《べか》らず、学校も生徒が騒動をすればこそ、漸々《ぜんぜん》改良するなれ、無事平穏は御目出度に相違なきも、時としては、憂うべきの現象なり、かく云えばとて、決して諸子を教唆するにあらず、無暗に乱暴されては甚《はなは》だ困る。

命に安んずるものは君子なり、命を覆すものは豪傑なり、命を怨《うら》む者は婦女なり、命を免れんとするものは、小人なり。

理想を高くせよ、敢《あえ》て野心を大ならしめよとは云わず、理想なきものの言語動作を見よ、醜陋《しゅうろう》の極《きわみ》なり、理想低き者の挙止容儀《きょしようぎ》を観よ、美なる所なし、理想は見識より出ず、見識は学問より生ず、学問をして人間が上等にならぬ位なら、初《はじめ》から無学で居る方がよし。

欺《あざむ》かれて悪事をなすなかれ、その愚を示す、喰わされて不善を行うなかれ、その陋《ろう》を証す。

黙々たるが故に、訥弁《とつべん》と思うなかれ、*拱手《きょうしゅ》するが故に、両腕なしと思うなかれ、笑うが故に、痴癡なしと思うなかれ、名聞《めいぶん》に頓着せざるが故に、聾と思うなかれ、食を択《えら》ばざるが故に、口なしと思うなかれ、怒るが故に、忍耐なしと思うなかれ。

人を屈せんと欲せば、先《ま》ず自ら屈せよ、人を殺さんと欲せば、先ず自ら死すべし、人を侮《あなど》るは、自ら侮る所以《ゆえん》なり、人を敗らんとするは、自ら敗る所以なり、攻むる時は、*韋駄天《いだてん》の如くなるべく、守るときは、不動の如くせよ。

右の条々、ただ思い出るままに書きつく、長く書けば際限なき故略す、必ずしも諸君に一読せよとは言わず、況《いわ》んや拳々服膺《けんけんふくよう》するをや、諸君今少壮《しょうそう》、人生中尤《もっと》も愉快の時期に遭《あ》う、余の如き者の説に、耳を傾くるの遑《いとま》なし、しかし数年の後、校舎の生活をやめて、突然俗界に出《い》でたるとき、首を回《めぐ》らして考一考せば、あるいは尤《もっとも》と思う事もあるべし、ただしそれも保証はせず。

拱手　手を組んで何もしないでいること。元は中国の敬礼の一つ。

韋駄天　仏法の守護神。足が速いことで知られる。

解説

掲載誌は愛媛県尋常中学校（のちの松山中学校）の校友会雑誌。漱石は一八九五年（明治28）四月、東京高等師範学校の職を辞し、四国の松

山で、のちに「坊っちゃん」に取り入れられることになる中学校教員暮らしを始めていた。将来を嘱望されていた都会育ちの彼が、なぜ東京を離れたのかは一般には謎とされているが、その一端は、請われて仕方なく生徒たちに向け、自己の信念を披瀝したこの文章からも窺えるのではないか。「君子は沈淪を意とせず」、すなわち、徳の高い人間はどんな境遇にあっても意に介さないというのである。漢学で培われた「君子」こそ、彼が生涯手放すことのなかった理想の人間像の一つで、繰り返し名誉心や金品など世俗の価値観に囚われてはならないと警告を発しているのもそれだからこそなのだ。

教育においてもまた同様で、高い理想を有するがゆえに「余は教育者に適せず」といわざるをえないのだが、はたして本当に漱石が「教師失格」であったかどうかと問われれば、あえて答えるまでもないだろう。

一貫したる不勉強——私の経過した学生時代

一　勉強と云う勉強はせない

私の学生時代を回顧して見ると、殆《ほと》んど勉強と云う勉強はせずに過した方である。従《したがっ》てこれに関して読者諸君を益するような斬新な勉強法もなければ、面白い材料も持《もた》ぬが、自身の教訓の為め、つまりそんな不勉強者は、こういう結果になるという戒《いましめ》を、思い出したまま述べて見よう。

私は東京で生れ、東京で育てられた、謂《いわ》ば純粋の江戸ッ子である。明瞭《はっきり》記憶して居らぬが、何でも十一二の頃小学校の門（八級制度*の頃）を卒《おえ》て、それから今の東京府立第一中学*——その頃一ツ橋に在《あ》った——に入ったのであるが、何時《いつ》も遊ぶ方が主になって、勉強と云う勉強はせなかった。もっともこの校に通っていたのは僅《わず》か二三年に止り、感ずるところがあって自ら退いて了《しま》ったが、それには曰《いわ》くがある。

この中学というのは、今の完備した中学などとは全然異っていて、その制度も

*初出　博文館発行の投書雑誌『中学世界』十二巻一号、一九〇九年（明治42）一月一日。

八級制度　当時の小学校は上等と下等に分かれ、各等一級から八級まであり、毎級六カ月で修了、次級に移行した。通常六歳で下等八級に入り、十四歳で上等一級を修了した。

東京府立第一中学　現・都立日比谷高校の前身。漱石は一八七九年（明治12）に入学し、一八八一年（明治14）に中退している。

正則と、変則との二つに分れていたのである。

正則というのは日本語許《ばか》りで、普通学のすべてを教授されたものであるが、その代り英語は更にやらなかった。変則の方はこれと異って、ただ英語のみを教えるというに止っていた。それで、私は何《いず》れに居たかと云えば、この正則の方であったから、英語は些《すこ》しも習わなかったのである。英語を修《おさ》めていぬから、当時の予備門*に入ることが六《むず》ケ敷《し》い。これではつまらぬ、今まで自分の抱いていた、志望が達せられぬことになるから、是非廃《よ》そうという考《かんがえ》を起したのであるが、なかなか親が承知してくれぬ。そこで、拠《よんどころ》なく毎日毎日弁当を吊して家は出るが、学校には往かずに、そのまま途中で道草を食って遊んで居た。その中《うち》に、親にも私が学校を退《しりぞ》きたいという考が解ったのだろう、間もなく正則の方は退くことになったというわけである。

二　成立学舎に入る

既に中学が前いう如く、正則、変則の二科に分れて居り、正則の方を修めた者には更に語学の力がないから、予備門の試験に応じられない。これらの者は、それが為め、大抵はある私塾などへ入って入学試験の準備をしていたものである。

その頃、私の知っている塾舎には、共立学舎*、成立学舎*などというのがあった。

予備門　一八七七年（明治10）年に設立された東京大学入学を目的にした学校。大学予備門。第一高等中学校（のちの旧制第一高等学校）の前身で、神田の一ツ橋にあった。

共立学舎　一八七〇年（明治3）、〝現代英学の祖父〟とも呼ばれる尺振八によって本所相生町に開かれた英学塾。一時は千人を超える生徒がいたといわれる。

成立学舎　一八八二年（明治15）、笹田惣右衛門によって開設された大学予備門受験者のための予備校。

これらの塾舎は随分汚《きたな》いものであったが、授《さず》くるところの数学、歴史、地理などいうものは、皆原書を用いていた位であるから、なかなか素養のない者には、非常に骨が折れたものである。私は正則の方を廃《よ》してから、暫《しばら》く、約一年許《ばか》りも麹町の二松学舎*に通って、漢学許《ばか》り専門に習っていたが、英語の必要——英語を修めなければ静止《じっと》していられぬという必要が、日一日と迫って来た。そこで前記の成立学舎に入ることにした。

　この成立学舎と云うのは、駿河台の今の曾我祐準*さんの隣に在《あ》ったもので、校舎と云うのは、それは随分不潔な殺風景極《きわま》るものであった。窓には戸がないから冬の日などは、寒い風がヒュウヒュウと吹き曝《さら》し、教場へは下駄を履いたまま上るという風で、教師などは大抵大学生が学資を得るために、内職として勤めているのが多かった。

　でも、当時この塾舎の学生として居た者で、目今《もくこん》有要な地位を得ている者が少くない。一寸《ちょっと》例を挙げて言って見ると、前の長崎高等商業学校長をしていた隈本有尚、故人の日高真実、実業家の植村俊平、それから新渡戸博士*諸氏などで、この外《ほか》にも未だあるだろう。隈本氏はその頃、教師と生徒との中間位のところに居たように思う。また新渡戸博士は、既に札幌農学校*を済《すま》して、大学選科*に通いながら、その間に来ていたように覚えて居る。何でも私と新渡戸氏とは隣合った席に居たもので、その頃から私は同氏を知っていたが、先方では気が付かなかった

二松学舎　一八七七年（明治10）、三島中洲が東京麹町の自宅に開いた漢学塾。二松学舎大学の前身。漱石が在籍していたのは一八八一年（明治14）から翌年にかけてのこと。

曾我祐準　陸軍軍人・政治家（一八四四年～一九三五年）。

新渡戸博士　新渡戸稲造（一八六二年～一九三三年）。教育者・思想家。札幌農学校卒業後、欧米に留学。のちに京都帝大教授、国際連盟事務局次長等を務めた。

札幌農学校　一八七六年（明治9）、札幌に設立された教育機関。現・北海道大学の前身。日本初の学士号の学位授与機関。

選科　規定の学科の中から一部だけを選んで学習する課程。修業年限は本科と同じ三年だが、修了しても学士号は得られなかった。

ものと見え、ついこの頃のことである。同氏に会った折、「僕は今日初めて君に会ったのだ」と初対面の挨拶を交わされたから私は笑って、「いや、貴君《あなた》をば昔成立塾に居た頃からよく知っています」と云うと、「ああそんなことであったかね」と、先方《むこう》でも笑い出されたようなことである。

三　ボールドの度に立往生

英語については、その前私の兄*がやっていたので、それについて少し許《ばか》り習ったこともあるが、どうも六《むず》ケ敷《しく》て解らないから、暫《しば》らく廃《よ》して了《しま》った。その後少しも英語というものは学ばずにいた者が、兎《と》に角《かく》成立学舎へ入ると、前いう通り大抵の者は原書のみを使っているという風だから、教わるというものの、もともと素養のない頭にはなかなか容易に解らない。従って非常に骨を折ったものであるが、規則立っての勉強も、特殊な記憶法も執《と》ったわけではない。

また、英語はこういう風にやったらよかろうという自覚もなし、ただ早く、一日も早くどんな書物を見ても、それに何が書いてあるかということを知りたくて堪《たま》らなかった。それで謂《い》わば矢鱈《やたら》に読んで見た方であるが、それとて矢張《やは》り一定の時期が来なければ、幾何《いくら》何と思っても解らぬものは解る道理がない。また、今のように比較的書物が完備していたわけでないから、多く読むと云っても、自然

*私の兄　長兄大一（一八五六年〜七七年）のこと。大一は優秀で、開成校（東京大学の前身）に在籍していたこともあるが、若くして亡くなった。彼については「硝子戸の中」三十六章に詳しい。

と書物が限られている。先《ま》ず自分で苦労して、読み得るだけの力を養う外《ほか》ないと思って、何でも矢鱈に読んだようであるが、その読んだものも重《おも》にどういうものか、今判然《はっきり》と覚えていない。そうこうしている中に予科三年位から漸々《だんだん》解るようになって来たのである。

私はまた数学についても非常に苦しめられたもので、数学の時間にはボールド*の前に引き出されて、そのまま一時間位立往生したようなことがよくあった。

これは、大学予備門*の入学試験に応じた時のことであるが、確か数学だけは隣の人に見せて貰《もら》ったのか、それともこっそり見たのか、まアそんなことをして試験は漸《や》っと済《すま》したが、可笑《おか》しいのはこの時のことで、私は無事に入学を許されたにも関《かかわ》らず、その見せてくれた方の男は、可哀想にも不首尾に終って了《しま》った。

四　予備門時代

成立学舎では、およそ一年程も通ったが、その翌年大学予備門の入学試験を受けて見ると、前いうたようにうまく及第した。丁度《ちょうど》それが十七歳頃であったと思う。

一寸《ちょっと》ここで、この頃の予備門について話して置くが、始め予備門の方の年数が四ケ年、大学の方が四ケ年、都合大学を出るまでには八年間を要することになっていたが、私の入学する前後はその規定は変じて、大学三年、予備門五年と云う

ボールド　黒板のこと。black bord の略。

大学予備門　二五頁脚注参照。

ことになった。結局《つまり》総体の年数から云えば前と聊《いささ》か変りはないが、予備門だけでいうと、一年年数が殖《ふ》えたことになり、その予備門五年をもまた二つに分ち、予科三年、本科二年という順序でした。

それで、予科三年修了者と、その頃の中学卒業生とを比べて見ると、実際は予科の方が同じ普通学でも遥《はるか》に進んでいたように思われた。即《すなわ》ち予科の方では動物、植物、その他のものでも大抵原書でやっていた位であるが、その時の予科修了者は、中学卒業生と同程度ということに見做《みな》されることになった。だから中学卒業生は、英語専修科というように一年入ると、直《す》ぐ予備門本科に入学することが出来たのである。規則改正の結果、つまりこういうことになったので、予科を経てゆく者より、中学を卒業して入った者の方が二年だけ利益《とく》をすることになる。

私などは中学を途中で廃《よ》して、二松学舎、成立学舎などに通い、それから予科に入ったのであるから、非常に迂路《まわりみち》をしたことになる。そんな事ではむしろそのまま中学を卒《お》えて予備門へ入った方が、年数の上から云っても利益であったが、私ばかりではない。私と同じような径路をもって進んだ人が沢山あった。その人達は先《ま》ず損した方の組である。

で、私はこの予備門に居る頃も殆《ほと》んど勉強はせなかった。この当時は家から通わずに、神田猿楽町のある下宿屋に今の南満鉄道の副総裁をして居る、中村是公《よしこと》*という男と一所《いっしょ》に下宿していたものであるが、朝は学校の始業時間が定《きま》って居る

中村是公　一八六七年（慶応3）〜一九二七年（昭和2）。この直後に満鉄総裁となり、漱石を満州旅行に招いた。のちに東京市長、貴族院議員などを歴任。

ので、仕方なく一定の時間には起床したが、夜睡眠の時間などは千差万別で、殆んど一定しなかった。

矢張《やは》り、この頃も学科について格別得意というものはなかった。中にも数学、英語と来てはもっとも苦しめられた方であるが、と云って勉強もせずに毎日毎日自由な方針で遊び暮していた。従って学校の成績は次第に悪くなるばかりで、予科入学当時は、今の芳賀矢一*氏などと同じ位のところで、可成一所《かなりいっしょ》にいた者であるが、私の方は不勉強の為め、下へ下へと下ってゆく許《ばか》り。その外、当時の同級生には今の美術学校長正木直彦、専門学務局長の福原鐐二郎、外国語学校の水野繁太郎氏などがあって、これらの人はなかなか出来る方であったが、私ら遊び仲間の連中はすべて不成績で、漸次《だんだん》、これらの諸氏と席の方が遠《とおざ》かるばかりであった。

*芳賀矢一　国文学者（一八六七年～一九二七年）。東大教授・国学院大学長などを務め、国文学研究の基礎を築いた。

五　落第して真面目になる

不勉強位であったから、どちらかと云えば運動は比較的好きの方であったが、その運動も身体が虚弱であった為め、規則正しい運動を努めて行《や》ったというのではない。ただ遊んだという方に過ぎないが、端艇競漕《ボートレース》などは先《ま》ず好んで行《や》った方であろう。前の中村是公氏などは、なかなか運動は上手の方で、何時《いつ》もボートではチャンピオンになっていた位であるが、私は好きでやったと云っても、チャンピオンなどには如何《どう》してもなれなかった。

その他運動と云っても、当時は未だベースボールもなく、庭球《テニス》もなかったから、普通体操位のもので、兵式体操*はやらなかった。要するに運動というより気まま勝手に遊び暮したという方で、よく春の休みなどになると、机をすっかり取片附けて了《しま》って、足押、腕押などいう詰《つま》らぬ運動――遊びをしては騒いでいたものである。試験になってもそう心配はしない。「我豈《あ》に試験の点数などに関せんや」と云ったような考《かんがえ》で、全く勉強という勉強はせずに居たから、頭脳は発達せず、成績はますます悪くなるばかり、一体私は頭の悪い方で――今でもそうだが――それに不勉強の方であったから、学校での信用も次第と無くなり、遂《つ》いに予科二年の時落第という運命に立ち至った。

落第して見ると誰も同じこと、さすがに可《い》い気持はせぬ。それからは前と異《ちが》って、真面目に勉強もするようになったが、矢張《やは》り人普通のことをやったまでで、特別に厳しい勉強を続けたというのではない。

教場へ出ていても前と異って、ただ非常に注意して教師のいわれるのを聞くようにしたと云う位のもので、真面目に勉強し、学校に出ても真面目に教師のいうことを注意して聞くようにすれば、そう矢鱈《やたら》に苦しまなくとも、普通ならやってゆかれることと思う。だから、私は仮令《よし》真面目な勉強をするようになった後でも、試験の前々から決して苦しむようなことはせず、試験のその前夜になって、始め

兵式体操　軍隊式の体操で徳育錬成を目的とし、のち教練と改称された。

て験《しら》べて置くというような方法を執《と》っていた位である。

六　月五円の教師となる

丁度《ちょうど》予科の三年、十九歳頃のことであったが、私の家は素《もと》より豊かな方ではなかったので、一つには家から学資を仰がずに遣《や》って見ようという考えから、月五円の月給で中村是公氏と共に私塾の教師をしながら予科の方へ通っていたことがある。

これが私の教師となった始めで、その私塾は*江東義塾と云って、本所に在《あ》った。ある有志の人達が協同して設けたものであるが、校舎はやはり今考えて見ても随分不潔な方の部類であった。

*一ヶ月五円と云うと誠に少額ではあるが、その頃はそれで不足なくやってゆけた。塾の寄宿舎に入っていたから、舎費即《すなわ》ち食糧費としては月二円で済み、予備門の授業料といえば月僅《わずか》に二十五銭（もっとも一学期分宛《ずつ》全納することにはなっていたが）それに書物は大抵学校で貸し与えたから、格別その方には金も要《かか》らなかった。先《ま》ずこの中から湯銭の少しも引き去れば、後の残分は大抵小遣《こづか》いになったので、五円の金を貰うと、直ぐその残分だけを中村是公氏の分と合せて置いて、一所《いっしょ》に出歩いては多く食う方へ費して了《しま》ったものである。

江東義塾　当時、本所（現・東京都墨田区）に開設されていた私塾で、漱石は日に二時間ほど英語で地理や幾何学を教えたという。

一ヶ月五円　当時の日雇い労働者が一カ月休みなく働いて得られる額とほぼ同じ。ちなみに、一八八六年（明治19）の小学校教員の初任給が五円前後。

時間も、江東義塾の方は午後二時間だけであったから、予備門から帰って来て教えることになっていた。だから、夜などは無論落ち附いて、自由に自分の勉強をすることも出来たので、何の苦痛も感ぜず、約一年許《ばか》りもこうしてやっていたが、この土地は非常に湿気が多い為め、遂《つ》い急性のトラホーム*を患《わずら》った。それが為め、今も私の眼は丈夫ではない。親はそのトラホームを非常に心配して、「兎《と》に角《かく》、そんな所なら無理に勤めている必要もなかろう」というので、塾の方は退き、予備門へは家から通うことにしたが、間もなくその江東義塾は解散になって了《しま》ったのである。

それから、後の学資はいうまでもなく、再び家から仰いでいたが、大学へ進むようになってからは、特に文部省から貸費を受けることとなり、一方ではまた東*京専門学校の講師を勤めつつ、それ程、苦しみもなく大学を卒《お》えたような次第で、要するに何の益するところもなく、私は学生時代を回顧して、むしろ読者諸君のために戒《いましめ》とならんことを望むものである。

トラホーム　クラミジアの感染によって起こる伝染性の結膜炎。慢性化すると角膜が混濁し、失明することもある。トラコーマ。

東京専門学校　一八八二年（明治15）、大隈重信によって創設された学校で、早稲田大学の前身。

解説

学生向け雑誌の新年付録に、計七名の談話筆記の一つとして掲載されたもの。他の談話者は新渡戸稲造（教育者・思想家　二六頁脚注参照）、竹越与三郎（政治家・歴史家）、浮田和民（政治学者・早大教授）など。題名は編集者が付けたものと推定されている。

一九〇九年（明治42）、漱石は数えで四十三歳だが、前年の暮れに「三四郎」の連載を終え、すでにかなりの著名人になっていた。そこで次代を担う若者たちのために、修業時代の思い出話を求められたのである。

要点は、学生時代は「全く勉強という勉強はせずに居た」が、予科二年の時ついに「落第という運命に立ち至」り、「それからは前と異って、真面目に勉強もするようになった」というもので、謙遜も多々混じっているようだが、たとえ不勉強であっても何かを契機に立ち直りさえすれば目標は達成できるというメッセージは有用。

また、悔い改めてからの勉強方法を、きわめてシンプルに「ただ非常に注意して教師のいわれるのを聞くようにしたと云う位のもの」と述べているのも面白い。ちなみに、漱石の落第は二十歳近い時のことだから、かなりの奥手といえよう。

落第

その頃東京には中学と云うものが一つしか無かった。学校の名もよくは覚えて居ないが今の高等商業*の横辺《あた》りに在《あ》って、僕の入ったのは十二三の頃か知ら、何でも今の中学生などよりは余程《よほど》小さかった様な気がする。学校は正則と変則とに別れて居て、正則の方は一般の普通学をやり、変則の方では英語を重《おも》にやった。その頃変則の方には今度京都の文科大学の学長になった狩野*だの、岡田良平なども居って、僕は正則の方に居たのだが柳谷卯三郎、中川小十郎なども一緒だった。で、大学予備門（今の高等学校）へ入るには変則の方だと英語を余計やって居たから容易に入れたけれど、正則の方では英語をやらなかったから卒業して後更に英語を勉強しなければ予備門へは入れなかったのである。面白くもないし二三年で僕はこの中学を止めて終《しま》って、三島中洲先生の二松学舎へ転じたのであるが、その時分ここに居て今知られて居る人は京都大学の田島錦治、井上密などで、この間の戦争に露西亜《ロシア》へ捕虜になって行った内務省の小城なども居ったと思う。学舎の如《ごと》きは実に不完全なもので、講堂などの汚《きた》なさと来たら今の人には

＊初出　読売新聞社発行の雑誌『中学文芸』一巻四号（臨時増刊）、一九〇六年（明治39）六月二十日。

高等商業　森有礼が一八七五年（明治8）に創設した商法講習所を源流とする学校で、一橋大学の前身。当時は神田の一ツ橋にあり、高等商業学校と呼ばれていた。

狩野　狩野亨吉（一八六五年～一九四二年）。哲学者・教育家。秋田県生まれ。一高校長、京都帝国大学文科大学長を歴任。

とても想像出来ない程だった。真黒になった腸《はらわた》の出た畳が敷いてあって机などは更にない。そこへ順序もなく座り込んで講義を聞くのであったが、輪講の時などは恰度《ちょうど》カルタでも取る様な工合《ぐあい》にしてやったものである。輪講*の順番を定《き》めるには、竹筒《たけづっぽ》の中へ細長い札の入って居るのを振って、生徒はその中から一本宛《ずつ》抜いてそれに書いてある番号で定《き》めたものであるが、その番号は単に一二三とは書いてなくて、一東*、二冬、三江、四支、五微、六魚、七虞、八斉、九佳、十灰と云った様に何処迄《どこまで》も漢学的であった。中には一、二、三の数字を抜いてただ東、冬、江と韻許《いんばか》り書いてあるのもあって、虞を取れば七番、微を取れば五番と云うことが直《すぐ》に分るのだから、それで定めるのもあった。講義は朝の六時か七時頃から始めるので、往昔《むかし》の寺子屋をそのまま、学校らしい処《ところ》などはちっともなかったが、その頃はまた寄宿料等も極《きわ》めて廉《やす》く――僕は家から通って居たけれど――慥《たし》か一ヶ月二円位だったと覚えて居る。

元来僕は漢学が好《すき》で随分興味を有《も》って漢籍は沢山読んだものである。今は英文学などをやって居るが、その頃は英語と来たら大嫌《だいきら》いで手に取るのも厭《いや》な様な気がした。兄が英語をやって居たから家では少し宛《ずつ》教えられたけれど、教える兄は癇癪持《かんしゃくもち》、教わる僕は大嫌いと来て居るから到底長く続く筈《はず》もなく、ナショナルの二*位《ぐらい》でお終《しまい》になって了《しま》ったが、考えて見ると漢籍許《ばか》り読んでこの文明開化の世の中に漢学者になった処が仕方なし、別に之《これ》と云う目的があった訳でもなかったけ

輪講　一冊の書物などを数人で分担し、順々に講義すること。

一東、二冬、三江、四支…　漢詩の音韻体系である上平声十五韻の呼称。十灰の後は、十一真、十二文、十三元、十四寒、十五刪と続く。

ナショナルの二　英語の教科書として当時最も広く使われていた『ナショナル・リーダー』第二巻のこと。

れど、このまま過《すご》すのは充《つま》らないと思う処から、兎《と》に角《かく》大学へ入って何か勉強しようと決心した。その頃地方には各県に一つ宛《ずつ》位中学校があって、之《これ》を卒業して来た者は殆《ほと》んど無試験で大学予備門へ入れたものであるが、東京には一つしか中学はなし、それも変則の方をやった者は容易に入れたけれど、正則の方をやったものだと更に英語をやらなければならないので、予備門へ入るものは多く成立学舎、共立学舎、進文学舎——これは坪内さん*などがやって居たので本郷の壱岐殿坂の上あたりにあった——その他これに類する二三の予備校で入学試験の準備をしたものである。そこで僕も大《おお》いに発心《ほっしん》して大学予備門へ入る為に成立学舎——駿河台にあったが慥《たし》か今の曾我祐準の隣だったと思う——へ入学して、殆《ほと》んど一年許《ばか》り一生懸命に英語を勉強した。ナショナルの二位《ぐらい》しか読めないのが急に上の級《クラス》へ入って、頭からスウィントン*の『万国史』などを読んだので、初めの中《うち》は少しも分らなかったが、その時は好《すき》な漢籍さえ一冊残らず売って了《しま》い夢中になって勉強したから、終《つい》にはだんだん分る様になってその年（明治十七年）の夏は運よく大学予備門へ入ることが出来た。同じ中学に居っても狩野、岡田などは変則の方に居たから早く予備門へ入って進んで行ったのだが、僕などが予備門へ入るとしては二松学舎や成立学舎などにマゴついて居ただけ遅れたのである。

　何とか彼《か》んとかして予備門へ入るには入ったが、惰《なま》けて居るのは甚《はなは》だ好きで少しも勉強なんかしなかった。水野錬太郎*、今美術学校の校長をして居る正木直彦、

坪内さん　日本の近代文学の創始者で教育者でもあった坪内逍遙（一八五九年〜一九三五年）のこと。逍遙は東大在学中、学費や生活費を稼ぐために進文学舎で英語を教えていた。

スウィントン　ウイリアム・スイントン（一八三三年〜九二年）。アメリカの歴史家。スコットランド生まれで、カリフォルニア大学教授。彼の代表作である『万国史』（*Outlines of the Worlds History*）は一八七四年刊。

水野錬太郎　内務官僚・政治家（一八六八年〜一九四九年）。

芳賀矢一なども同じ級《クラス》だったが、これらは皆な勉強家で、自《おのずか》ら僕らの怠け者の仲間とは違って居て、その間に懸隔《けんかく》があったから更に近づいて交際する様なこともなく全然《まるで》離れて居ったので、彼方《むこう》でも僕らの様な怠け者の連中は駄目な奴らだと軽蔑して居たろうと思うが、此方《こっち》でもまた試験の点許《ばか》り取りたがって居る様な連中は共に談ずるに足らずと観じて、僕らはただ遊んで居るのを豪《えら》いことの如く思って怠けて居たものである。予備門は五年で、その内《うち》に予科が三年本科が二年となって居た。予科では中学へ毛の生えた様なことをするので、数学なども随分沢山あり、生理学だの動物植物鉱物など皆な英語の本でやったものである。だから読む方の力は今の人達より進んで居た様に思われるが、しかし生徒の気風に至っては実に乱暴なもので、それから見ると今の生徒は非常に温順《おとな》しい。皆な悪戯《いたずら》許《ばか》りして居たものでストーブ攻《ぜめ》などと云って、教室の教師の傍にあるストーブへ薪を一杯くべ、ストーブが真赤になると共に漢学の先生などの真面目な顔が熱いので矢張《やは》りストーブの如く真赤になるのを見て、クスクス笑って喜んで居た。数学の先生がボールド*に向って一生懸命説明して居ると、後から白墨《チョーク》を以《もっ》てその背中へ怪しげな字や絵を描いたり、また授業の始まる前に悉《ことごと》く教室の窓を閉めて真暗な処に静まり返って居て、入って来る先生を驚かしたり、そんなこと許《ばか》り嬉しがって居た。予科の方は三級、二級、一級となって居て、最初の三級は平均点の六十五点も貰《もら》ってやっとこさ通るには通ったが、矢張り怠けて居るから何にも

＊ボールド　二八頁脚注参照。

出来ない。恰度《ちょうど》僕が二級の時に*工部大学と*外国語学校が予備門へ合併したので、学校は非常にゴタゴタして随分大騒ぎだった、それがだんだん進歩して現今の高等学校になったのであるが、僕はその時腹膜炎をやって遂々《とうとう》二級の学期試験を受けることが出来なかった。追試験を願ったけれど合併の混雑やなんかで忙《せわ》しかったと見え、教務係の人は少しも取合ってくれないので、そこで僕は大《おおい》に考えたのである。学課の方はちっとも出来ないし、教務係の人が追試験を受けさせてくれないのも忙《せわ》しい為もあろうが第一自分に信用がないからだ。信用がなければ世の中へ立った処で何事も出来ないから先《ま》ず人の信用を得なければならない、信用を得るには何《ど》うしても勉強する必要がある。とこう考えたので、今迄の様にウッカリして居ては駄目だから、寧《いっ》そ初めからやり直した方がいいと思って、友達などが待って居て追試験を受けろと切《しき》りに勧めるのも聞かず、自分から落第して再び二級を繰返すことにしたのである。人間と云うものは考え直すと妙なもので、真面目になって勉強すれば今迄少しも分らなかったものも瞭然《はっきり》と分る様になる。前には出来なかった数学なども非常に出来る様になって、一日《あるひ》親睦会の席上で誰は何科へ行くだろう誰は何科へ行くだろうと投票をした時に、僕は理科へ行く者として投票された位であった。元来僕は訥弁《とつべん》で自分の思って居ることが云えない性《たち》だから、英語などを訳しても分って居ながらそれを云うことが出来ない。けれども考えて見ると分って居ることが云えないと云う訳はないのだから、何でも思い

工部大学　一八七一年（明治4）に創設された工部省の工学寮を七七年（明治10）に改称したもの。ただし、ここは漱石の記憶違いで、本来なら「東京法学校」とあるべきところ。

外国語学校　一八七三年（明治6）に創設された官立の外国語教育機関。語学校とも呼ばれた。のち一部が予備門に転属となり、一部が東京商業学校（現・一橋大学）に吸収合併され、わずか十二年で廃校となった。

切って云うに限ると決心して、その後は拙《まず》くても構わずどしどし云う様にすると、今迄は教場などで云えなかったこともずんずん云うことが出来る。こんな風に落第を機としていろんな改革をして勉強したのであるが、僕の一身にとってこの落第は非常に薬になった様に思われる。もしその時落第せず、ただ誤魔化《ごまか》して許《ばか》り通って来たら今頃は何《ど》んな者になって居たか知れないと思う。

前に云った様に自《みずか》ら落第して二級を繰返し、そして一級へ移ったのであるが、一級になるともう専門に依ってやるものも違うので、僕は二部の仏蘭西《フランス》語を択《えら》んだ。二部は工科で僕はまた建築科を択んだがその主意がなかなか面白い。子供心に異《おつ》なことを考えたものでその主意と云うのは先《ま》ずこうである。自分は元来変人だからこのままでは世の中へ容《い》れられない、世の中へ立ってやって行くには何《ど》うしても根底からこれを改めなければならないが、職業を択んで日常欠く可《べ》からざる必要な仕事をすれば、強《し》いて変人を改めずにやって行くことが出来る。こちらが変人でも是非やって貰わなければならない仕事さえして居れば、自然と人が頭を下げて頼みに来るに違いない。そうすれば飯の喰外《くいはず》れはないから安心だと云うのが建築科を択んだ一つの理由。それと元来僕は美術的なことが好《すき》であるから、実用と共に建築を美術的にして見ようと思ったのがもう一つの理由であった。僕は落第したのだから水野、正木などの連中は一つ先へ進んで行って了《しま》ったのであるが、僕の残った級《クラス》には松本亦太郎*なども居って、それに文学士で死んだ米山*と

松本亦太郎　心理学者（一八六五年〜一九四三年）。実験心理学の祖。
米山　米山保三郎（一八六九年〜九七年）。類い稀な秀才であったが、夭逝した。『吾輩は猫である』の「天然居士」は彼の居士号。

云う男が居った、これは非常な秀才で哲学科に居たが、大分懇意にして居たので僕の建築科に居るのを見て切《しき》りに忠告してくれた。僕はその頃ピラミッドでも建てる様な心算《つもり》で居たのであるが、米山はまたなかなか盛んなことを云うので、君は建築をやると云うが、今の日本の有様では君の思って居る様な美術的の建築をして後代に遺すなどと云うことは、とても不可能な話だ、それよりも文学をやれ、文学ならば勉強次第で幾百年幾千年の後に伝える可《べ》き大作が出来るじゃないか。と、米山はこう云うのである。僕の建築科を択んだのは自分一身の利害から打算したのであるが、米山の論は天下を標準として居るのだ。こう云われて見ると成程《なるほど》そうだと思われるので、また決心を為直《しなお》して僕は文学をやることに定《き》めたのであるが、国文や漢文なら別に研究する必要もない様な気がしたから、そこで英文学を専攻することにした。その後は変化もなく今日迄やって来て居るが、やって見れば余り面白くもないのでこの頃はまた、商売替をしたいと思うけれど今じゃもう仕方がない。初めは随分突飛なことを考えて居たもので、英文学を研究して英文で大文学を書こうなどと考えて居たんだったが……。

解説

紆余曲折のあった学生時代を顧みつつ、漱石が自身の転機と位置付けていた予科二年の時の「落第」の真相を明かした興味深い談話の一つ。腹膜炎で「学期試験」を受けられず、追試を望んだが取り合ってもらえなかったことから「信用」を得る大切さに気付き、それには何より勉強をする必要があると自ら落第を願い出たというのが事実のようだが、まだ学校制度が十分には整っていなかった時代の話だとはいえ、横並びをよしとする風潮の強い日本社会にあってはなかなかできない選択だろう。そして、結果的にはそれが効を奏したのである。現代においても考えさせられることの多いエピソードではないか。また、もともと建築家を目指していた漱石が、英文学を志望するようになった理由が語られているのも貴重。

なお、この談話もやはり学生向け雑誌の求めに応じたもので、「名士の中学時代」という総題のもと、漱石のほか、菊池大麓（数学者・東大総長）、尾崎行雄（政治家）、幸田露伴（文学者）など計二十八名の話が掲げられている。

漱石と明治の学校制度

近年、6・3・3・4制を基本とする日本の学校制度について見直しの論議が起きているが、漱石が少青年期を過ごした明治前期はその創設期で、朝令暮改といったためまぐるしさで諸制度が改められていた時代であった。漱石は一八六七年（慶応3）生まれだから、近代学校制度の礎を定めた学制が頒布された一八七二年（明治5）に満五歳。まさに学制とともに育った最初の世代といっていい。しかも、彼の場合、当時としては例外中の例外ともいえる大学院にまで進学しているので、学校との付き合いの長さは格別。七歳で小学校に入学して以来、東京高等師範に勤めるようになるまで、なんと十九年もの長きにわたって学生生活を送っていたのである。現代でさえ十二年か十六年が一般的であることを考えれば、驚くほかにない。

ざっとその内訳を調べてみると、小学校がおおよそ四年で中学校が三年、そして同じく三年間の予備校時代を挟んで、高等学校予備門が三年で本科が三年、大学が三年ということになる。各学校の在籍年限が現在とはかなり異なっていることがわかるが、そもそも小学校からして学制発足当初は下等四年・上等四年が基本であった。そのほか、明治から大正にかけての学校制度の仕組みは今日から見るとかなりわかりにくいので、次に漱石が学生生活を送っていた一八八一年（明治14）と一八九二年（明治25）の学校系統図を掲げておく。本書を読む際の参考にしてほしい。

左の図は文部科学省『学制百年史』に基づき、一八八一年（明治14）の学校系統図を簡略化したもの。漱石は明治十四年、東京府立第一中学（一ツ橋中学）を中退し、漢文を学ぶため二松学舎に入学した。明治十六年には大学予備門の受験準備のため成立学舎に入学し英語を学んだ。

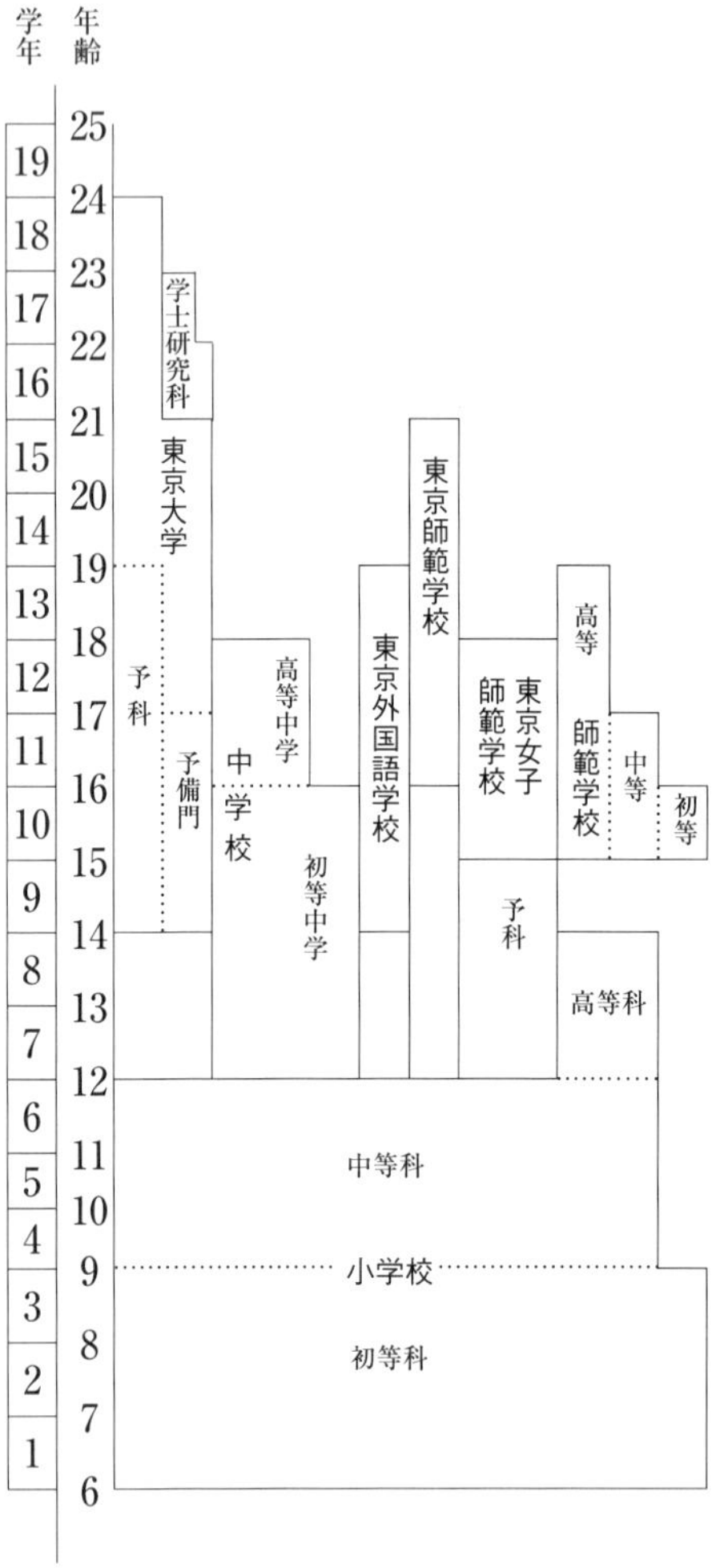

学校系統図 1881 年（明治 14）

左の図は文部科学省『学制百年史』に基づき、一八九二年（明治25）の学校系統図を簡略化したもの。漱石は明治二十三年、第一高等中学本科を卒業し、帝国大学文科大学英文学科に入学。明治二十五年には、本書収録の「中学改良策」を教育学の課題レポートとして執筆している。

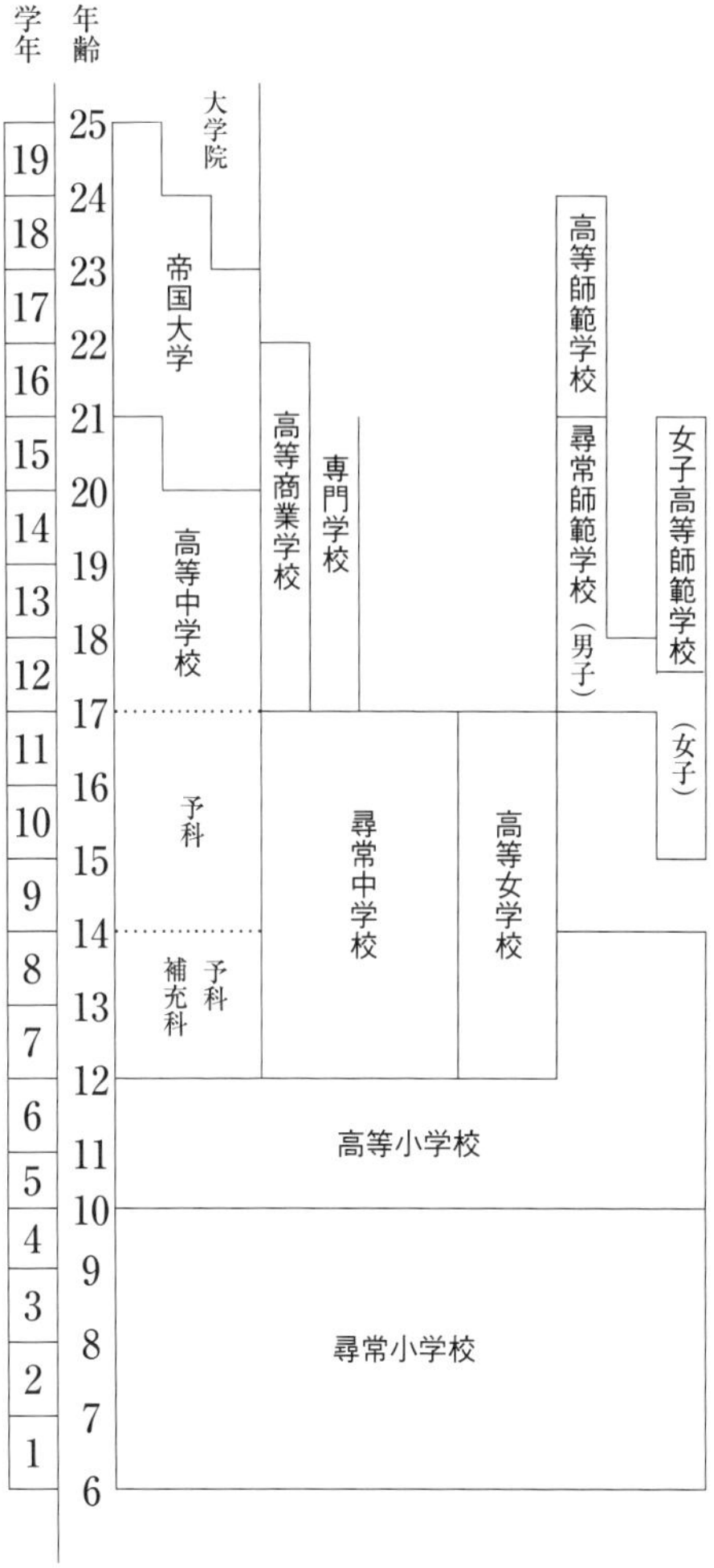

学校系統図 1892 年（明治 25）

Ⅱ

学校教育と語学養成法

中学改良策

＊帝国大学文科大学第三学年時の一八九二年（明治25）年十二月、「教育学」の課題として書かれた論文。

第一編　序論

尊王攘夷の徒海港封鎖の説を豹変して二千五百年の霊境を開き所謂《いわゆる》碧眼児の渡米を許したるは既に二十五年の昔しなり指を屈すれば昔しなれども成就したる事業の数発生したる事件の繁きに比ぶれば＊白駒隙《げき》の過ぐる事倏《すみや》かにして二十五年の歳月は転《うた》たその短かきに堪えず外交の約一たび成ってより日本は無事の日本にあらず競争の世界に自立して列邦の間に＊連鑣馳聘《騁》せんにはそれだけの用意なかるべからず国防も厳にせざれば城下の盟に末代の恥を貽《のこ》す事あるべし工業も興さざれば財庫空《むなし》うして国その弊に堪えざらん運輸も便にせざれば有無を交換するに由なく政令遅滞して治民の術挙らざるべし万事万物悉《ことごと》く旧を捨て新を採らざれば泰西諸国と併立して押も押れもせぬ地位を得る事難からん去れば天下の人々狂奔喧走して彼《あれ》も此《これ》もと輸入したる結果如何にと見てあれば先祖伝来の元気漸《ようや》く

白駒隙の過ぐる事倏か　白い馬が戸などの隙間をアッという間に走り過ぎること。歳月がたちまち過ぎ去ることのたとえ。

連鑣馳聘　くつわ（鑣）を連ねて馬を走らせること。「馳」も「聘」も馬をまっしぐらに駆けさせる意。

沮喪して見掛許《ばか》りは驚《仰》山なる不具者となりぬ

人の人たる所以《ゆえん》は服装の美車馬のうつくしきにあらず巧に*翠黛《すいたい》を描けども*気息の奄々《えんえん》たる小女如何《いか》許《ばか》りの事をか為し得ん邦人現今の有様この小女に似たるものあり憐むべきの至りと云うべし日本を維持せんとならば日本固有の美徳を利用してこれを粧《よそお》うに文明の利器を以てすべし*優孟《ゆうもう》の衣冠は君子の愧《はず》る所にして而《しか》も日本の君子はこれを学んで得々たり今にしてこれを救済せずんば*金甌無欠《きんおうむけつ》の天下も百年を出ずして猛獣の餌食たらん

去れども塗り盆に水は浸み込まず腐った魚は溌溂するの期なし天下有為の士奮《ふる》って春日を未落に挽回せんとするは甚《はなは》だ結構なれども骨折り甲斐に現《うつつ》は見えまじそれよりも望を将来に抱いて方今《ほうこん》幾万の子弟を教育しこれに日本人固有の資格を与うる方手緩《てぬ》るき様にて実際は救治の最捷径《さいしょうけい》なるべし日本未来の運命は実にこの子弟の掌中にあり万代一系の美国を左右する人物を製造してこれを後世に譲らん事これに過ぎたる偉功はあらじ況《ま》して目下の弊これを捨てて他に国運を挽回するの策なきにおいてをや志あるものども宜しく国家の為めに身を挺し全力を挙げて教育に従事すべき秋《とき》なり

固《もと》より国家の為めに人間を教育するという事は理窟上感心すべき議論にあらず既に（国家の為めに）という目的ある以上は金を得る為めにと云うも名誉を買う為にというも或《あるい》は慾を遂げ情を恣《ほしいま》まにする為に教育すというも高下の差別こそ

翠黛　みどりのまゆずみ。これで描かれた美しい眉の形容。

気息の奄々たる　息も絶え絶えで、今にも死にそうなさま。

優孟の衣冠　似て非なるもののたとえ。「優孟」は中国戦国時代の名優で、楚の宰相が亡くなった後、彼の「衣冠」を身に着けて楚王にまみえ、領地を守ったという『史紀』「滑稽列伝」の故事から。

金甌無欠　欠けたところのない黄金の瓶（かめ）。独立堅固な国家の比喩。

あれその教育外《ほか》に目的を有するに至っては毫も異なる所なし理論上より言えば教育は只《ただ》教育を受くる当人の為めにするのみにてその固有の才力を啓発しその天賦の徳性を涵養《かんよう》するに過ぎずつまり人間として当人の資格を上等にしてやるに過ぎずもしこれより以外に目的ありと云わばその目的の断滅する時教育もまた断滅の運に到着するものなりかくては人は活き民は存すれども教育を施こすに及ばずなどと云う時期来らんも知るべからず国家主義の教育もこれと同様にて国家と云う条件が滅却するときは国家的教育も純然たる一個の癈物と化し去らざるを得ず試みに今の列邦が合一して地球上に只一の大国を現出したりと思え然《しか》る時はその住民に彼我の別なくその政府に自他の差なきに至らんその時人の心に対外と云う精神は消滅すべしこれは我国の為《ため》故かく教育すべし我国の為めなる故かく訓練すべしなどという一切の条件は尽く無用とならんこれらの条件無用となるも教育の猶忽《ゆる》かせにすべからざるは言を待たざるなり勿論《もちろん》かかる境界は実際あるまじけれど理窟上より云えばなしと断言する事もならず*迂闊の説にせよ本源に溯って考うれば当然の論と思わるただし目下の形況にては中々にかかる心配は無益の業にて列国の中に立って彼我対等の地位を保つ以上は国家は何処《どこ》迄《まで》も万代不朽なるを冀《こいねが》わざるべからずこれを冀うと同時にその子弟を駆って国の為になる様独立の維持のつく様にと鞭撻訓練せん事当局者の責任にして而《しか》も子弟たるものの喜んで応ずべき義務なりとす故に世界の有様が今のままで続かん限りは国家主義の教育は断

迂闊の説　実情に当てはまらない考え。

然癈すべからず況《ま》して吾邦の如き憐れなる境界に居る国に取っては益《ますます》この主義を拡張すべしこれを拡張して尤《もっと》も功験あるは中学校に若《し》くなし

　そもそも中学校は中等社会の子弟の聚《あつ》まる所にして中等社会は一国元気のある所未来日本の日本たる資格を代表するものは実にこの子弟に外《ほか》ならざればこの子弟らが悉《ことごと》く有為有徳の人物にして国家の支柱となる以上はそれこそ日本は磐石の安に居るというも不可なからんまた二つにはこれらの子弟が中学に遊ぶ時間は丁度《ちょうど》小児より大人に移る極めて大切なる時にて未来の目的生涯の性質智徳多くはこの時に土台を据ゆる者故《ゆえ》教育して教育甲斐あるはこの時期に若《し》くなからん日本を代表すべき少年をその尤《もっと》も発達し易き時期において教育す何物の愉快かこれに若《し》かん

　然《しか》れども現時の有様にて*放抛《ほうほう》せんには到底充分の美果を獲《え》べからずこの目的を達せんには予《あらかじ》め方案を設けて鋭意これを実行するに若《し》くなし余《よ》は学生の身分にてこの件につき未だ叮嚀《ていねい》に調査を遂げたる事なく且《か》つ年来の宿論も有せず一度も実地に臨んだる事なき故精確の議論はとても出来ざれど聊《いささ》か取り調べたる沿革を本として改良の卑見を述べ一覧を煩わさんとす

第二編　維新以来中学校の沿革

案ずるに明治以后《後》中学の名称広く行わるるに至りしは明治五年全国を分って大

放抛　投げすてること。放擲に同じ。

学区中学区小学区の三とし学制を頒布して大《おおい》に教育上の体面を改めたる時にありとす該*学制中第二十九章に曰《いわ》く中学ハ小学ヲ経タル生徒ニ普通ノ学科ヲ教フル所トス分ツテ上下二等トス二等ノ外《ほか》工業学校商業学校通弁学校農業学校諸民学校アリ此外《このほか》癈人学校アルベシと然《しか》らば各種の実業学校は皆中学校に隷属せしめたるが如く而《しか》して中学の課程は如何にと云うに同章に

下等中学科

一　国語　二　数学　三　習字　四　地学　五　史学　六　外国語学　七　理学　八　画学　九　古言学　十　幾何学　十一　記簿学　十二　博物学*　十三　化学　十四　修身学　十五　測量学　十六　奏学　当分欠

上等中学科

一　国語　二　数学　三　習字　四　外国語学　五　理学　六　罫画　七　古言学　八　幾何学　九　記簿　十　化学　十一　修身　十二　測量　十三　経済　十四　重学　十五　動、植、地質礦山学

故に初等上等を通じて学ぶものは数字（算術？）習字、国語、外国語、記簿、修身、測量、等にして下等中学は十四より十六迄《まで》上等中学は十七より十九迄《まで》とあれば両者を通じて六年の割なりこの六年間如何《いか》なる時間割にて如何なる程度迄《まで》に教授せしや解し難けれど兎角《とにかく》記簿の如き簡単なる技術を初等上等両科に通じて設け且《か》つ算術をも両科にて学ばしむるを見てもその不完全なるは知るべし加之《しかのみならず》体育上必

該　この。その。

博物学　動植物や鉱物・地質などの研究をする総合的な学問分野。現在の生物学、植物学等に当たる。

要なる体操の科なきは甚《はなは》だ惜むべしとす維新以后《後》学を督する者急劇に書生の精神を使用して毫も健康に注意せざりし為め大《おおい》に肺病患者の数を増加せしめたるは掩《おお》うべからざるの事実なるが如し統計上の比例は知らねども今の書生と十年以前の書生と比較せば当今の方必ず丈夫なるべし無論創立の際は鋭意学問の普及を力めてその他を顧みずその弊*拯《すく》うべからざるに至って始めて気がつく者なればあながち当時の立案者を尤《とが》むべきにあらず手始めの課目表としては随分出来のよき方ならんただし一週の授業時間及び各科目の程度を知る能《あた》わざるは残念の至りなれどもこの課目は只に表面上の発布にとどまりて実際施行せられたりとも覚えずその証拠には同学制第三十章に当今中学の*書器未だ備わらずこの際在来の書によりてこれを教うる者或《あるい》は学業の順序を踏まずして洋語を教えまたは医術を教《おしえ》る者通、じて変則中学となすべしとありまた同三十一章に当今外国人を以て教師とする学校においては大学教科にあらざる以下は通じてこれを中学と称すとありて実際上文の課程を踏まざる書生も矢張《やは》り中学生徒たりしなり而して明治六年分の文部省年報を覧《み》るに全国中中学の数僅《わず》かに二十にしてその十七は私立にかかりその三みが公立なれば上の規則を履行せる学校は全国中三所に過ぎずと云うも不可なきが如し然《しか》れども学制頒布以来中学の数は漸《ようや》く増加し明治七年には三十二となり八年には百十六となり九年には二百一となれり尤《もっと》もこの二百一の内《うち》公立は十八にてまたその中《うち》の八十三は東京にあれば不規則千万なる私立中学ですら地方には皆無

拯う　助けあげる。

書器　備品のこと。図書と器具。

の姿なりしなり明治十年に至って校数の増加殆《ほと》んど二倍し公私合して三百八十九となるまた私立中学生徒の数男女を合して千七百人の上に上れりこれ高等の普通科を修めんと希望するもの増加せしにも係《かか》わらず公立の学校は三十一に過ぎざりしかば余儀なく私立中学の生徒となるに至れるなり当時公立中学の年期は便宜に任せて一定せず或《あるい》は五年或は四年最も短かきは二年半なり学科も所により異同なきにあらねど大抵は左の如し

　習字、文法、画学、語学、外国語学、地理、歴史、数学（算術の事?）、代数、幾何、物理、化学、星学、地質、博物、生理、農業、＊重学《ちょうがく》、商業、記簿、統計、心理、修身、経済法律、体操

これを明治五年の科程表と比較するときは表面上は大《おおい》に高尚に赴けりと云うべし且《か》つ体操の一科を加えたるは教育上の一大進歩と言わざるべからずただし私立は各自撰定の教則を用い一に地方官の認可に任せしを以て定めて不都合のものも多かりしならん、かく諸中学の教則公私の差に因って非常の径庭《けいてい》ありしは時勢の已《やむ》を得ざる所とは言いながら一は中学を以て大学の予備と認めず単に高等の普通科を修めしむる積りなりしかば大学の程度に応じてこれに入学すべき一定の下地を作る事を務めざりしに外《ほか》ならず当今高等中学と尋常中学の聯絡《れんらく》全からざるは既にこの時に胚胎するものなり（現に東京府の中学校などにては正則変則の二科ありて正則は邦語にて普通科を教授し変則は大学予備門に入る便宜の為めその楷《階》梯を教授せり）

重学　力学のこと。

明治十二年教育令を発しその第四条において中学校の資格を定め次《つい》で十四年に至り中学校則の大綱*を頒《はん》布す大綱は十三条よりなり中学沿革史上頗《すこぶ》る緊要の者なればこれを左に掲載せんとす

第一条　中学校ハ高等ノ普通学科ヲ授クル所ニシテ中人以上ノ業務ニ就カンガ為メ又ハ高等ノ学校ニ入ルガ為メ必須ノ学科ヲ授クル所トス（中学教育の目的に二ある事は全くこの時より生ずというべし）

第二条　中学校ヲ分ツテ初等高等ノ二等トス

第三条　初等中学校ハ修身、和漢文、英語、算術、代数、幾何、地理、歴史、生理、動物、植物、物理、化学、経済、記簿、習字、図画及ビ唱歌体操トス　但《ただ》シ唱歌ハ教授法整フヲ待ツテ之《これ》ヲ設クベシ

第四条　高等中学科ハ初等中学科ノ修身、和漢文、英語、記簿、図画、体操ノ続、三角法、金石*、本邦法令ヲ加ヘ又更ニ物理化学ヲ授クル者トス

第五〔条〕　中学校ニ於《お》テハ土地ノ情況ニ因リ高等中学科ノ外《ほか》若《も》クハ高等中学科ヲ置カズ普通文科、普通理科ヲ置キ又農業、工業、商業等ノ専修科ヲ置クコトヲ得《う》

第六〔条〕　普通文科ハ高等中学科中ノ三角法、金石、物理、化学、図画等ノ某科ヲ除キ或《あるい》ハ其程度ヲ減ジ修身、和漢文、英語、本邦法令等ノ某科ヲ増シ又歴史、経済、論理、心理等ノ某科ヲ加フル者トス

大綱　ある事柄の根本となるもの。

金石　鉱物学の旧称。

第七〔条〕　初等中学科卒業ノ者ハ高等中学科ハ勿論《もちろん》普通文科、普通理科其他
師範学科諸専門ノ学科ヲ修ムルヲ得ベシ
第八〔条〕
第九〔条〕　高等中学科卒業ノ者ハ大学科、高等専門学科等ヲ修ムルヲ得ベシ
但《ただし》大学科ヲ修メントスル者ハ当分ノ内尚《なお》必須ノ外国語学ヲ修メンコトヲ要ス
第十〔条〕　初等中学科ヲ修メントスル生徒ハ小学中学科卒業以上ノ学力アル
モノトス
第十一〔条〕　中学校ノ修業年限ハ初等ヲ四年トシ高等ヲ二年トシ通ジテ六年
トス　但《ただし》此修業年限を伸縮し得べシト雖《いえ》ドモ一年ヲ過グベカラズ
第十二〔条〕　中学校ニ於《おい》テハ一年三十二週以上授業ス
第十三〔条〕　中学校授業ノ時間ハ初等科ハ一週廿《二十》八時間高等科ハ一週廿《二十》六時
間ヲ以テ度トス　但《ただし》此時間ヲ伸縮スルヲ得ベシト　雖《いえども》　一週二十二時ヲ下ルベカラ
ズ

先《ま》ずこの教則を明治五年の中学制と比較し何《いず》れの点において改良せしやを考うる事必要なり

第一の差はこの教則にて中学大学の聯絡《れんらく》をつけたる事なり即《すなわ》ち中学を卒業したる者は予備門に入り専修科を経て直《ただ》ちに大学に入るを得るの制規にて明治五年の学制には頓《とん》とかかる注意はなかりしなり

第二　高等中学科の外《ほか》もしくは高等中学科を置かずして普通文科、普通理科或《あるい》は農業、工業、商業等の専修科を置く事を得るの制規を設けたるは現今の高等中学本科に一部二部三部の別を立てて普通科の中にても稍《やや》高尚なる学科を教《おしえ》ると同一の制度にて当時既に現制の種子を卸《おろ》したりと云うべし然《しか》るに明治五年の学制に在《あ》っては唯《ただ》各種の実業学校を以て中学に隷属せしめたるに過ぎざるのみ

第三　修業の年期は両制共六年なれども只《ただ》前者は上下二等を三年宛《ずつ》に分ち後者は初等科を四年高等科を二年に分ちたるの差あり

第四　学科の差を表にて比較すれば左の如し

	下等科	初等科
国語	国語	和漢○文
数学	算術　幾何○測量	算術○代数○幾何
習字	習字	習字
地理	地学	地理
歴史	史学	歴史
外国語	外国語	英語
科学	物理　化学	物理　化学○生理○経済
画学	画学	図画
記簿	記簿	記簿
博物	博物	動物　植物
修身	修身	修身
唱歌	奏楽	唱歌
	古○言○学○	体○操○

	上等科	高等科
国語	国語	和漢文○
数学	算術○ 幾何○ 代数○ 測量○	三角法○
習字	習字○	○
外国語	外国語	英語
科学	経済○ 理学○ 重学○ 地質礦物○	物理 化学
画学	罫画	図画
記簿	記簿	記簿
修身	修身	修身
博物	動物○ 植物○	○
法律	○	本邦法令○
古言学	古言学○	○

○標は一方に存して一方に存せざる者を示すただし中学全体に通じて考うるときは明治五年の制に存して十四年制になき科目を重学、地質礦物、測量及び古言学の五としまた十四年制に存して五年になきものを生理、三角術、本邦法令及び体操の四科とすただし重学、測量の如きは普通科に必須なる課にあらざればこれを省きたるはよけれど地質礦物は何故に取り除きしやこれを解すべからずただし上表は単簡に過ぎて各科目の時間及び委細の題目は知るに由なけれども表面上は左《さ》したる変化なきが如し然《しか》れども明治五年の学令は単に虚文に過ぎざりしをこの時に至って始めて実行に着手せる故この学制は教育上に大影響

ありと知るべし

其影響果して如何にと云うに

第一　この教則にて中学の資格を確定したる為め従来不則律なる私立学校は頓《とみ》に減少しこれと同時に公共学校は漸次増加せり明治十三年の統計を覧《み》るに中学校の数百八十七にてその中《うち》公立百三十七これを前年に比すれば公立は三十を増し私立は六百二十七を減ず（明かに明治十二年発布の教育令第四条の結果と見るを得べし）

第二　高等中学科卒業のものも初等中学科卒業のものも等しく大学予備門に入りそれより大学に入るの制を定めしより生徒は初等科を卒業するや否や直《ただ》ちに去って予備門に来学し為めに高等中学課は一向振作の機に会せずこれは無理ならぬ訳にて将来大学にでも入りて一修業せんとする程の者は一日も早く都下に遊学し完全なる学校に入りまた高等なる教師の薫陶を受けんと願うべければ高等中学科に入りて而《しか》る後東京に来るの痴を学ぶものなく遂にこの設立をして空しく自滅に帰せしむるに至りぬ

第三　当時各府県中学校維持の状を通観するにその大約は府県会または区町村会の供資に頼るを以てその議場の状況により動《やや》もすれば学校の規模を縮少し経費を抑損する事ありかかる故に地方により同じ中学校に高下の程度を生じ或《あ》る者は余程発達せるにも関せず或る者は余程下等の地位を占むるに至

れり（現時地方の尋常中学より高等中学に生徒を送るに或る中学は特待を得てその卒業生を頗《すこぶ》る上級に編入する事を得また或る中学は仮令《たとい》校長の証明書あるもその卒業生をして左程の高級に編入せしむる事能《あた》わざるは大《おおい》にこの事情の影響に原《もとづ》く所ありというべし）

兎《と》に角《かく》この教則にて漸次改良の緒に就き府県立は着々大綱に準じて改正し教員には大学の出身者または中立《学》師範学科卒業生を騁《聘》するに至れり（ただし町村立のものは経費乏しくして大概は不完全にまた初等科のみにて高等科の設けなく或《あるい》は間々《まま》旧則に拠《よ》るものもありしと知るべし）

明治十七年に至りまた中学校通則なるものを頒布して中学の資格益《ますます》厳重となるこの通則は敢《あえ》て従来の課程を変更せずと雖《いえ》どもその改良の点を挙ぐれば第一教員の資格第二図書器械の備具第三教場の建築にありとす

通則第四条に曰《いわ》く中学校ハ教員少クトモ三人ハ中学師範学科ノ卒業証書又ハ大学科ノ卒業証書ヲ有スル者ヲ以テ之《これ》ニ充《あ》ツベキモノトス（但《ただ》シ本文ノ証書ヲ有セズト雖《いえ》ドモ府知事県令ニ於《おい》テ相当ノ資格アリト認ムル者ハ文部卿ノ許可ヲ経テ之《これ》ニ代フルコトヲ得且《かつ》高等中学科ヲ置カズシテ農業、工業、商業等ノ専修科ヲ置キ又ハ初等中学科ノミヲ置クモノハ文部卿ノ許可ヲ経テ本文ノ制限ヲ*斟酌《しんしゃく》スルヲ得）とありて多少教員の資格に制限を立てたるものなりまた第五条に中学校ハ修身其他諸科ノ教授上必須ノ図書及博物、物理、化学等ノ器械、標本類ヲ備フベキ

斟酌　考慮し程よくとりはからうこと。

モノトスとあるは明かに器具書籍の点において完美を求めたるものなり次に第六条に中学校ハ生徒ヲ教授スルニ足ルベキ教場、物理、化学等ノ試験室体操場及ビ生徒ノ控所職員詰所等ヲ設クベキ者トスとあるはその建築上に注意を加えたるものにしてこれが為め経費に乏しく右の資格に応ずる能《あた》わざるものは自滅するに至るは必然の結果なりこれは明治十七年の学校表を覧《み》れば著《いちじ》るしく分る事にて町村費維持の中学は前年に比すれば三十七を減じて僅《わず》かに五十四となりまた私立の如きに至っては全国中唯《ただ》二所あるのみ

　さてこれらの中学生が如何《いか》なる有様なるかを尋ぬるに初等科卒業後直《ただ》ちに進んで高等科に入るものは十ノ一二に過ぎず余は概《おおむ》ね都下に出て大学予備門または他の高等学校に入りもしくはその予備をなすが如く或《あるい》は転じて師範学校に入りもしくは小学教員となる者あれども出でて実業につき中人以上の業務をとるものは甚《はなは》だ少なしとす高等科の振わざるは明治十九年の卒業生僅《わず》かに二十三名なりしを以てこれを知るべし（ただし同年中学生徒の数総計一万四千八十四人となす）

　かく高等中学科はあれどもなきが如き有様なる故文部省はここに一策を案じ中学を分って二個の特別なる学校となしこれを名《な》づけて高等中学校及び尋常中学となし高等中学を卒業するものは予備門などに入らず直《ただ》ちに大学々生となるの資格を与え同時に大学予備門を癈せりその実は予備門を変じて*第一高等中学となし*東京外国語学校の仏独両学科及び*東京法学校の予科を転属せしめたるに過ぎずただし

第一高等中学　一八八六年（明治19）に設立された官立学校で、帝国大学の予備教育機関。旧制高等学校の前身。

東京外国語学校　三九頁脚注参照。

東京法学校　一八七一年（明治4）に創設された司法省明法寮の後身で、のち東京大学法学部に吸収された。

文部省の意は全国を五区に分ち一区毎《ごと》に高等中学一個を置きその管轄区内の尋常中学卒業生を入学せしむるにあり高等中学設置の地方は仙台（第二）京都（第三）金沢（第四）熊本（第五）とす別に鹿児島及び山口に私立高等中学*を設くる事を準可す而して高等中学の目的は二個にして一は大学に入るの予備をなし一は卒業後直《ただ》ちに社会に業務を執らんとするものの修学する所とすその詳細の変革は同年発布の中学校令に明かなるを以てこれを左に掲ぐ

中学校令

第一条　中学校ハ実業ニ就カント欲シ又ハ高等ノ学校ニ入ラント欲スル者ニ須要ナル教育ヲ為ス所トス

第二条　中学校ヲ分ツテ高等尋常ノ二等トス高等中学校ハ文部大臣ノ管理ニ属ス

第三条　高等中学校ハ法科、医科、工科、文科、理科、農科、商業等ノ分科ヲ設クルヲ得

第四条　高等中学校ハ全国ヲ五区ニ分画シ毎区ニ一箇所ヲ設置ス其区域ハ文部大臣ノ定ムル所ニ依ル

第五条　高等中学校ノ経費ハ国庫ヨリ之《これ》ヲ支弁シ又ハ国庫ト該学校設置区域内ニ在ル府県ノ地方税トニヨリ之《これ》ヲ支弁スルコトアルベシ但《ただし》此《この》場合ニ於《おい》テハ其管理及経費分担ノ方法等ハ別ニ之《これ》ヲ定ムベシ

*私立高等中学　一八八六年（明治19）に公布された中学校令によって全国五区に官立の高等中学が設置されたが、その際、鹿児島と山口に別途旧藩主の財政的支援を受けて設立された中学。

（案ズルニ明治廿《二十》一年八月文部省ノ布達に高等中学校費ヲ地方税ニテ分担スル儀ハ来ル二十二年度以降当分之《これ》を止ムル旨府県知事へ訓令スとあれば現今は高等中学校費は全く国庫より支出するものなり）

第六条　尋常中学校ハ各府県ニ於《おい》テ便宜之《これ》ヲ設置スルコトヲ得但《ただし》其地方税ノ支弁又ハ補助ニ係ル者ハ各府県一所ニ限ル

第七条　中学校ノ学科及ビ其程度ハ文部大臣ノ定ムル所ニヨル

第八条　中学校ノ教科書ハ文部大臣ノ検定シタル者ニ限ルベシ

第九条　尋常中学校ハ区町村費ヲ以テ設置スルコトヲ得ズ

又尋常中学校ノ課程ハ左ノ如シ

	第一年	第二年	第三年	第四年	第五年
倫理	一	一	一	一	一
国語漢文	五	五	五	三	二
第一外国語	六	六	七	五	五
第二外国語若クハ農業				四	三
地理	一	二	二	一	

歴史	数学	博物	物理化学	習字	図画	唱歌	体操
一	四	一	一	二	二	二	三
一	四			一	二	二	三
二	四	二				二	三
一	四		二			二	五
二	三	三	三			一	五

明治十九年大学予備〔門〕を癈して高等中学となすや各分科大学の初年を繰り下げこれに予備門従来の修学年期四年を合し併せて五年となしこれを分って本科二年予科三年の二となし本科を法医工文理の五に分ち各科適宜の課程を設けしが明治二十一年に至り本科を一部（法文）二部（工理）三部（医）の三となせしが翌年また不都合を感じたる為め法文工理共各自特別の科目を修するに至れりこれ高等中学校設立以来現時に至る沿革の概略となす予科は前に述べたる如く三年にしてその学課に至っては表面上明治十九年の文部省令に従い尋常中学校の第三年

級以上の学科及び程度と異なる所なければ省きつ只《ただ》その間多少の変革なきにあらず明治二十二年に予科二級の第二外国語を癈し第一外国語の時間を増し三級二級共に十時間となせるが如きまた国語漢文の時間を増して三級には五時二級一級には四時宛《ずつ》とせるが如し（前には三級に五時、二級に三時、一級に一時間なり）されど大体上別に大差なしというも可ならんか、また本科現在の課程表及び従来科目の沿革もなきにあらねどもこれを述ぶるは余り冗長にして反《かえ》って明瞭を欠くの恐れあるを以てこれを略す（委細は高等中学一覧に詳なり）且《か》つ前に述べたる高等中学の沿革は第一高等中学一覧に基づくに過ぎずと雖《いえ》ども他地方の高等中学は固《も》と文部省令に拠《よ》るもの故その組織は第一と異なる所なしとすただし第一及び山口高等中学を除きては予科の下に補充科ありて予科に入るべき生徒を二年間養成す

愚見によれば五個の高等中学を一時に日本に設立せるは大《おおい》に不得策なりとす日本の教育はかく鷩山《仰》なる事業を為すには機運未だ熟せざるものなり仮令《たと》い教育の普及を計るを以て国家只一の長計となすも日本の経済及び他の条件は未だこれら諸校の設立を許さざるが如く且《かつ》同時に五個を起すの必要なきなり第一生徒の方より見るも実際高等中学に入る者は必ず大学に来るの有様なり既に大学に来るものとすれば相当の資産あるものなりこれらの輩その地方にて高等中学に入るも東京に来て東京の高等中学校に入るも別に経済上の不

都合を感ぜざるべし第二には一時にかく幾個の学校を起す時は無論教育費を諸校に分散せざるを得ず従って器械書籍等完全を望む事難し仮令《たと》いこれらの点において不都合なきにもせよ現時日本にて高等中学の教師に適したる人物を一時に招聘せん事甚《はなは》だ困難なりこれらの不都合を顧ずして設置したる暁に生徒がなければ何の益にも立たぬなり然《しか》るに日本にて大学に入る学生は十ノ一にも足らぬ有様なれば尋常中学を卒業して高等中学に入るものは矢張《やは》り十分の一に過ぎざるべしその少数の生徒を五個の高等中学二個の私立高等中学にて不完全に教育するは如何に考うるも経済上且《かつ》訓練上の策を得たるものにあらず勿論《もちろん》文部省の意見は強《あなが》ちに大学入校者を製造するにあらざれば学問の普及を計りて東京以外に高等中学を設くるは悪き事にあらざれど漸*を以て改良せずして短兵急の策に出でたるは惜しむべき限りにこそ余《よ》が意見によれば東京に一高等中学を置き関西に一高等中学を設け（京都は不可なり風俗地位共に国家の支柱たるべき人物を養成するに適せず）東北の書生は皆東京に聚《あつ》まり西南の学士は皆関西に集まる様にしたらば善かりしならんと考うかくする事数年の後高等なる普通科を修めんと欲するもの多くなりてとても二個の高等中学では間に合わず且《か》つ相応なる教員のあきが出来たる時に始めてぽつぽつ他の高等中学を作るべきなり当時の文部大臣が尋常中学の程度を高むる方に尽力せずして徒《いたず》らに高等中学校設置に配意し東京地方にて落第したる

漸を以て　次第に。だんだんと。

余りの書生等を養成して得々たりしは余《よ》の解するに苦しむ所なり
右は不完全ながら明治以降今日に至る迄《まで》の中学校沿革梗概なりこれより進んで少しくその改良策を述べんとす

第三編　中学改良策

第一　大中小学校の聯絡《れんらく》

高等中学はもと大学予備門の変化したるものなり文部省令に従えば中学校は大学に入るの楷《階》梯をも教えまた中人以上の業務を執るに必要なる高等普通学を授くる所なりと雖《いえ》ども前に述べたるが如く現今の有様にては高等中学を卒業して直《ただ》ちに社会に出ずる者とては少なく十の八九は皆大学に入るもののみなれば専門なる大学予備校と云うも不可なしかく大学と高等中学は密接の関係を有するものからその程度学科も大学に準じて都合よき位の組織なりとす然《しか》るに尋常中学校はその設置高等中学に比すれば余程古く且《か》つ始めより高等中学に入るの生徒を養成するの目的にあらざりしを以てその程度に懸隔《けんかく》ありて尋常中学卒業生は直《ただ》ちに高等中学に入学するを得ず不得已《やむをえず》両三年は予科に止まって修業せざるを得ずこれ青年子弟の為に大《おおい》に憂うべき事とす 翻《ひるがえ》って小学及び中学の関係を見るにまたこれに似たるものあり小学を卒業したりとて試験を経ざれば中学に入る能《あた》わず然《しか》るに

地方によりては高等小学卒業時期と尋常中学入学試験期と落ち合うを以て小学を卒業したる頃は既に中学の試験期は過ぎ去って入学相当の学力あるものも見す見す日月を浪費し少なくとも一年は無為に経過せざるべからず尤《もっと》も東京の如く私立中学ありて公立中学と聯絡《れんらく》を有する所はこの私立校より転じて公立の相当級に編入するを得べしと雖《いえ》どもかく妄《みだ》りに学校を改むるは少年者教育の法を得たる者にあらず況《ま》して私立中学の設けなくして無為に有為の日月を消費せざる可《べか》らざるの地方においては父兄の配慮は格別なるべし加之《しかのみならず》地方によりては尋常中学と高等小学の懸隔甚《はなはだ》しく仮令《たと》い試験の時日に右の不都合なきも実際及第し難《がた》き所ありこれらの地方に生れたる少年は高等小学卒業後また一年許《ばか》りを費やして漸《ようや》く尋常中学に徙《うつ》るを得るなり故に現今吾邦教育上の系統によれば大学と高等中学は聯絡《れんらく》よけれども高等中学と尋常中学は甚《はなはだ》しき懸隔ありまた尋常中学と高等小学もまた多少不都合の関係を有すこれ教育上の大欠点なれば是非共《ぜひとも》改良の法を案じてこの阻礙《そがい》を取り除けざるべからず学齢児童先《ま》ず六歳より就学して八年を小学に費やすとすれば卒業は十四歳なり而《しか》して運よき者は直《ただ》ちに中学校に入れども不幸なるものは十五歳または十六歳に至らざれば尋常中学に入るを得ずここにて五年を費やせば年齢早く既に二十歳前後となるこれより都合好く行けば高等中学の予科一級に入り悪ければ三級に入り五年乃至《ないし》三年の日月を経過して始めて大学に入りまた三年を費やして学士となる計算すれば学士となるには少なくとも二十六歳多く

て二十八歳の順なり当今の如き粗末なる学士を製造するに日本の青年をして前後二十余年を費やさしむ寔《まこと》に浩嘆《こうたん》の至りなり且《かつ》日本人は西洋人に比すれば早く老い込む者故六十、七十に至っては元気漸《ようや》く沮喪《そそう》して事業心に任せず去らば教育を受けたる人士が社会の上流に立て一《ひ》と角《かど》の事をなすは僅々二十年許《ばか》りに過ぎずそれも学士が完全なる立派なる人なればまだ好《よ》けれども只《ただ》大学を卒業したと云うのみにては事業をなすには経験なく学者となるには知識足らずその下地の為に少なくとも五六年を費やすとせば真正なる有為の時限は僅《わず》かに十四五年に過ぎずこの多事の時に当って吾人《ごじん》が国家民人に尽す義務頭割にすれば幾何《いくばく》もなし況《いわ》んや大学出身の士は毎年通計三百人を出でずこれを*四千万の人口に比較するに実にその僅少なるに驚かざるべからず学士の少なきは国庫財乏しくして貧生を補助する道なく人民また余裕なくして子弟を大学に入るるの策なきに因《よ》りその他惣《総》じて吾邦の経済これを許さざるに基づくものなれば詮方《せんかた》なしと雖《いえ》ども大中小学の連絡を円滑にして一日も早く子弟の時間を徒費せしめざる事今日の急務と云うべし

　これを為すに二法あり一は大学と高等中学の程度を引き下げて尋常中学と連続せしめまた尋常中学を引き下げて高等小学と聯絡《れんらく》せしむるにあり一は高等小学より尋常中学の程度を順繰りに繰り上げて高等中学の予科を全廃し予定の如く二十四歳にして大学を卒業するの組織となすにあり前者は行い易《やす》けれども教育上損あり後者は行い難《がた》けれど国の為に利あり難くして国家の為に利ある後策を採る

四千万の人口　この文章が書かれた一八九二年（明治25）の日本の人口は、概ね四千百万人とされている。

に若《し》かず然《しか》らばこの繰り上げ策の方法如何にと云うに課程表より云えば高等小学を卒業したるものは直《ただ》ちに尋常中学に入り尋常中学を卒業したるものは直《ただ》ちに高等中学本科に入学するを得るの組織なるに実際左様に行かぬは教授の不完全なる為と言わざるべからず教授の不完全なるは教師その責に任ぜざるべからず方今《ほうこん》＊中学校改良案中第一着に手を下すべきは教〔師〕の淘汰選択これなり

第二　教師の改良

教員の資格、当今尋常中学校の教師には何処にて修業したるや性《たち》の知れぬ者多く僅《わず》かの学士及び高等師範学校卒業生を除けば余は学識浅薄なる流浪者多しこれらの輩に托するに後来日本元気の中心ともなるべき少年を以てするは害あって益なし仮令《たと》い益あるも五年の稽古は十年にして漸《よう》く《や》なり十年の業は十五年にして始めて成就せん加之《しかのみならず》学士にして中等教員たるものは学あれども教授法に稽《なら》わず高等師範学校卒業生は授業法には精しけれども学識に乏し元来学士及びこの種の卒業生は実に僅々に過ぎずしてその僅々たる者また完全の良教師といういうべからず今日の急務は可成《なるべく》理科文科出身の学士をして少なくとも半年間教授及び訓練の方法を講究せしめたる上また半年間実地見習いとして地方の中学校に準教師となり然《しか》る後これを中学教員に採用するか或《あるい》は高等師範学校の程度を高めて充分学識ある卒業生を養成しこれに中学教育の事を托すべし明治二十三年の統計を覧《み》るに

＊方今　ちょうど今。現今。

公立中学の数四十四にして教員の数五百八十人なり故に一校につき殆《ほと》んど十四人程の割なりとすこれを生徒の数に配すれば一人の教師が十六人の生徒を養成する勘定なり今文科理科大学の卒業生及び高等師範学校の卒業生中後来中学校の教師たるもの年々平均四十人と見積れば十年にして四百人を得べし今生徒の数を一万人と予定すれば一人の教師が二十五人の生徒を受持つ割なり去ればもし此方にして行われんか十年にして全国の中学に良教師を得て性《たち》の知れぬ曖昧者を教育場裏より駆逐するを得べしこれは百難を排しても実行すべき事と思わる余が目撃せる或《あ》る地方の英語教授法の如きは実に驚くべき有様にてこれが教師たるものは単に胡魔化《ごまか》しを事とし生徒もまたこれを鎗込《やりこめ》る事のみを考え居るが如し殊《こと》に目立ちて見ゆるは読方の乱暴なる事にてかかる有様ならんには到底何年間英語を修業するも成熟の見込なしと思えり勿論《もちろん》外国語を教うるは易きが如くにして至極六《む》ずかしきには相違なれどももし中学を以て大学の予備となし大学の下地を作る目的を兼有するものとせば外国語の知識は非常に必要故余程良き教師を選んでこれに教授を嘱托せざるべからずもし現時の如き外国語の教育を受けたる中学生が将来高等中学の本科に入り二年にして大学に来るとせば学問の*蘊奥《うんのう》を究むるに必要なる外国語の不出来なる為め当人は無論苦痛を感ずべく従って大学卒業生の価値を下落せしむる事必定なり

教育道徳上の資格、　次に憂うべきは教員道徳上の資格なりとすその欠点に二

蘊奥　学問・技芸の奥深いところ。極意。奥義。

種あり第一には個人として道徳高からざる事第二には中学教員として徳義完《まった》からざる事なり第一の欠点は特に中学教員のみに向って責むべからず満天下の人皆その責を負わざる可《べか》らざれど殊《こと》に少年を支配する任に当る身に取っては道徳は知識よりも遥かに尊きものなれば是非《ぜひ》共《とも》この点を考察せざるべからず元来吾々当時の青年は破壊時代に生れたる上好加減《いいかげん》の教育を生噛みにして只《ただ》今迄《まで》経歴したる者共なれば智育徳育共に充分ならず殊《こと》に徳育などという事は近来始めて八釜敷《やかましく》なりたるに過ぎざれば今迄校課の授業上自己の徳性を発揮したりと思う事なし只《ただ》幸いにして封建の余習を受け二三冊の漢書を読みたるとまた智育上より得たる結果とを利用して己れの道徳となすに過ぎず故にこれを幕府時代の士気と比較するときは堅軟剛柔の度において甚《はなはだ》しき相違を見るべし而して当時中学の教授を掌《つかさ》どる者は大概吾人と同様なる教育を受けたる輩なれば節操の堅固ならず志気の高尚ならざるものも甚《はなは》だ多からんこれ尤《もっと》も匡《ただ》さざる可《べか》らざるの欠点とす苟《いやしく》もかかる人間を師長*とする以上はこれが業を受くる者にしてもし見識あらんには頭からその教師を軽蔑しまた見識なきものは何時《いつ》しかその気風に感染し何《いず》れにしても美しき結果は望むべからず教育の大任を負うからには能々《よくよく》ここに注意して自ら率うるに高尚なる徳行を以てし以て衆生の模範たらざるべからず大学の教授及び高等師範学校の教授等は深くここに鑑みて道徳高き教員を製出する事に尽力すべしまた第二の欠点を言えば今の中学教師たるものは大抵自ら好んでその職に就

*師長　先生や目上の人。

きたるにあらず*糊口《ここう》に差し支えたる溢れ者か左《さ》なくば一時の足掛台として少《しば》らくここに腰を据ゆるに過ぎず学識狭薄なる無能漢すらまた教員を以て高尚なる職業と思わず況《いわ》んや大学を卒業して学士の肩書を有する者をや彼らが一日も早く好地位を得て他に転職せんと企つるは珍らしからぬ事なり教師既に安んじてその職に居らず授業の親切なるを望むも得べからざるなり生徒の利害を考えん事を求むるも得べからざるなりかかる次第なれば学識あるものもその全力を挙げてその校の為に尽さんとはせず大概はその職に居りながらその任を重ぜず実に不都合の至りというべし今これを改良せんには不徳の人を変じて有徳の君子となすか軽薄の*黠《かっ》児《じ》を逐《お》うて着実の大人を迎うるにありこの二策を実行せんには金額を愛惜せずして中学の用度を弁ずるにあり方今《ほうこん》高等中学は国庫の支弁を受く而して国会これを削減せんとし尋常中学校は地方税これを維持す而して府県会これを縮小せんとすこれを削減しこれを縮小すると同時にその影響は忽《たちま》ち教師の財布に響いて時ならぬ不都合を感ず中学の教師たるものは仮令《たと》いその職を尽すもまたその職を尽さざるも両《ふた》つながら危き地位に立つ者なり危き地位を去りたきは人情なり既にこれを去らんとせば身は現在の職に在るも心は常に未来の好位にありこれを如何《いか》んぞ生徒に不親切にして教授に不熱心ならざらん明治二十三年尋常中学の歳費は二十九万七千四百五十八円許《ばかり》なりこれを校数四十四にて除すれば一校の経費は六千七百六十三円なりその内半分を学校維持費とし残りを教師の年俸としてこれ

糊口　ほそぼそと暮らしを立てること。生計。くちすぎ。

黠児　わるがしこい若者。ずるい人間。

を算するときは一人前殆《ほと》んど三百円の割なり貴重なる中学教員に僅《わずか》*三百円位の年給を与え而《しか》も隙さえあらばこれを削除せんとしながらその学問の浅薄その徳行の不修且《かつ》その教務の挙らざるを責む実に無理なりというべし能ある者争《いか》でか甘んじてこの微禄を屑《いさぎよ》しとせん学あるもの焉《いずく》んぞ聘*に応じてその力を教育に致さん日本の教育の為めに計るに一方にては教員の資格を厳にして無頼の徒を退去せしめ一方にてはこれが俸給を増加して且《か》つ終身官たらしめ安んじて力を教育に尽さしむべしもし金額の出処なしといわば改良の策なしといわんのみ今のままにて進行し無能大言の輩天下に充満し軽卒無頼の徒日本の中等社会を組織し天下の万事休《や》むに至って始めて教育改良に着手すべしそれ人間を造るは飴細工にて人形を造るよりも六《む》ずかし、六《む》ずかしきが故に費用もこれに順じて嵩《かさ》むなり、父母子を生む、生れたる子は人間にあらずして人形なり四肢を揺《うご》かし頭顱《とうろ》*を肩上に据ゆるも教育を受ざる内は完全なる人間の名を下し難し軍艦も作れ鉄道も作れ何も作れ彼も作れと説きながら未来国家の支柱たるべき人間の製造に至っては毫も心をとどめず徒《いたず》らに*因循姑媳《息》の策に安んじて一銭の費用だも給せざらんとすこれらの輩真に吝嗇《りんしょく》の極《きわみ》なり

教師に対する改良案は大抵右の如しこれより生徒に関する改良案を述べんとす

三百円位の年給　ちなみに、この三年後に赴任する松山尋常中学校での漱石の月給は八十円であったが、これは外国人教師の後任であったための例外で、実情はほぼ漱石の指摘どおり。

聘　求め。招聘。

頭顱　あたまのこと。「顱」もあたまの意。

因循姑媳　古いしきたりにこだわって、その場しのぎに終始すること。

第三　生徒の改良

生徒徳育の改良、方今《ほうこん》の少年子弟を見て驚くはその徳義心に乏しき事なり余は現に或る地方に遊んでそこの少年気風卑野なるを見始めて大学の有り難さを知れりそれ迄《まで》は大学の学生を以て半分以上箸にも棒にもかからぬいたずら者とのみ思いしが世の中にはまだまだ甚《はなはだ》しき難物あるを見出し大《おおい》に教育の大切なるを覚れり尤《もっと》も余輩時代の書生は幾分か漢学を専修したるもの故知らず知らずの間に支那風または武士風の気象が少しは残れども現今の中学生徒などはその教育系統の情況にて所謂《いわゆる》漢書講読時期なるものを有せざるが如し従って徳義上の根本は甚《はなは》だ覚束《おぼつか》なからんと推察せらる吾輩時代すら既に道徳壊乱の萌芽を発生せる位なるに今後の少年が一層甚《はなはだ》しくなりては日本の運命も其限《それぎ》りなり人間というものはたとい一定の主義ありて守る所ありてすら時には一朝の感情に支配せられて図らざる過《あやま》ちをなす位なるに無主義無作法の連中が勝手次第の我儘《わがまま》を仕尽したらんには実に寒心すべき禍害を醸すに至るべし先年*木下広次氏始めて第一高等中学教頭となりし時生徒を聚《あつ》めて一場の演舌にその風儀の乱れたるを慨し諸君が教師を尊敬するは真に教師を尊敬するにあらずして点数の為にこれを尊敬するに過ぎずと云われたるは生徒の悪風を穿《うが》てるの言なり例を挙ぐれば数々あれどその中にも尤《もっと》も著るしかりしは佐々木政吉氏生徒の為めに冷水浴の功能を述べたしとて罷《態》々生徒

木下広次　教育者（一八五一年～一九一〇年）。この後、京都帝国大学初代総長等を務める。

を集めて親切に演舌せら〔れ〕し事あり元来なれば医学博士とも言わるべき人が吾輩書生の健康を気遣い余計な時間を潰しての演舌なれば謹んで聴聞する筈《はず》なるにその時多数の生徒は声を揚げて教授の訥弁《とつべん》を嗤笑《ししょう》せりこれは実に心ある人をして嘔吐をも催さしむべき非礼の振舞《ふるまい》にて第一高等中学の生徒にあるまじき浅墓なる者どもかなと思えりかかる生徒が大学に入ればこそ喫烟室の設けあるにも係《かかわ》らず妄《みだ》りに廊下にて烟草を燻《くゆ》らし或《あるい》は＊木履《ぼくり》のまま教場に闖入し吾は学校の規則を犯すだけの勇気ありと云わぬ許《ばか》りの得色あるに至るなり堂々たる大学の学生も素が素なればその粗野なる事かくの如し見識の高きはよけれど見識が高ければとて不礼の振舞をなして揚々たるは片腹痛し小人を見てこれを賤しむは好しこれに接する時は矢張《やは》り人間に対するの礼なかるべからず無理なる校則は癈すべしこれを犯すは不可なり況《いわ》んや長者に対してをや遵《したが》うべきの教訓においてをやかほどの事に気のつかぬ学士の出来するは矢張《やは》り中学の教育その当を得ざるが為のみ第一高等中学の生徒は風儀が悪けれど見識あり（少なくとも余《よ》が居りし頃は）地方の尋常中学などにては見識もなき癖に一層生意気なる処もある様なり現に余が旅行せる某地の如きはその適例にてその生徒はただ教師を意地《いじ》め困らせるを考うるの外他《ほか》に一個の美徳を有せずと云うも可なりただしこれらの弊は良教師を得ると同時に漸々消滅するものなれど左に聊《いささ》か＊匡済《きょうさい》の方法を述んとす

一　年輩徳識共に高き人を聘して毎週一回倫理上の講筵《こうえん》を開く事

木履　下駄。きぐつ。

匡済　時局を匡正して救済すること。誤りを正して善道すること。

(a)　この講筵において講師は主として愛国主義を説き次に吾邦の他邦と異なる国体を審《つまびらか》になし次に師弟長幼朋友等各人相互の関係に及ぶべし

(b)　尤《もっと》も尋常中学に在っては多く東西古人の言行を引証して感情的に生徒を動かすべし、高等中学に在《あっ》ては右の諸条を貫くに一線の元《原》理を以てし可成《なるべく》生徒の智性に訴えてこれを実行する様にすべし（余が高等中学にありし頃この法行われ今に至っても猶存するが如し然《しか》し当時の講師は徒《いたず》らに経中の一言を敷衍《ふえん》して独断的の結論をなし智識の発達せる高等中学生には何等の効験もなかりしやに覚ゆ他人は知らず余は徳性上一の啓発を受けたる事なしこれ全く講師その人を得ざるが為といわざるべからず当今この任に当るものは全国中にも甚《はなは》だ稀なるべけれども可成《なるべく》碩学高徳の人に依頼せば*告朔《こくさく》の餼羊に優る事遠し）

(c)　校長職員等はこの講師に対し尊敬を加え生徒をして可成《なるべく》その言辞に耳を傾くる様に注意すべし

(d)　講師出入の際は厳粛を守り慎んで喧擾を避くべし且《か》つ受持時間なき教師は必ず出席してこれを聴聞すべし（これも高等中学にて行いし法にて幾分か形体上の規律を正うするの功ありと信ず）

(e)　講堂は清潔にするは勿論《もちろん》その粧飾も可成《なるべく》壮厳を保ちこれに入るときは恭慎の情*油然《ゆうぜん》として発するが如くならしむべし（壁間に古人の言を*鐫《せん》し案上

告朔の餼羊　すでに形骸化してしまってはいるが、やめるよりはましな虚礼の意。『論語』「八佾篇」より。

油然　さかんにわき起こるさま。

鐫し　彫りつけること。

に聖賢の像を安置するなど妙なり画もよけれど拙劣なるときは＊紙鳶《たこ》屋の招牌の如き感を起して切角《せっかく》の注意を無にするなり）

一　漢文国語及び日本支那歴史は日本人の道徳を堅固にするに必要なれば教師はその辺に注意して授業の際その科目の智識を拡ぐると同時に生徒の道徳心を鼓舞する様注意し兼て興味を加えて生徒に自修の念を起さしむべし

一　憾《うら》む所のものは日本に国民を代表すべき程の文学なきにあれど或る点においては却《かえ》って西洋の文字よりも人間の高尚優美にする者なきにあらず且《か》つ俳偕《諧》の如き日本只一の文字にして而《しか》も平民的の文学なれば是非《ぜひ》共《とも》生徒をしてその一斑を窺わしむべしその調は和歌より平易にしてその意は和歌よりも広く且《か》つ高し

一　教師授業の際は勿論《もちろん》平生と雖《いえ》ども言行を慎しみ自重の風を示すべし且《か》つ教場内にあって気の付きたる事は親切に忠告すべし我は学問の教師なり道徳は我が関する所にあらずと澄して居るべからず然《しか》るにここに注意せざるは或《あるい》は自ら疚《やま》しき所あるかまた性来不親切千万なる人なりかかる教師は一日も早くその職を免ずべし

（今より考うればわが高等中学に居りし頃は随分よろしからぬ不作法の振舞もありたる様なれども一人もこれを譴責したる教師はなしただし一遍教場にて欠伸《あくび》したる時大森俊次氏に叱られたる事あるのみそれ教師を軽蔑するものは教師より見識あるものなりまた教師を尊敬するものは万事教師に＊矜式《きょうしょく》す

紙鳶屋の招牌　「紙鳶」は「凧」に同じ。骨組に紙を貼って糸を付け、空高く上げる玩具を売る店。また、「招牌」は看板。

矜式　つつしんで手本とすること。「矜」は敬うことで、「式」は法の意。

るものなり教師より見識ある程のものならば*醇々《じゅんじゅん》として己れの失行を責められたらんには何とて反省する事のあらざるべきまた教師に矜式するものの如きは一言にても教師の言を容るべし右何《いず》れよりいうも教師が生徒の品行に無頓着なるはよろしからず）

一　一級または一年を通じて茶話会を組織し講学の余相会して互に所思を述べ以て名節を*砥励《礪》するの具とすべしただし注意して才弁を弄するの討論会となりまたは*健啖を旨とする飲食会に化せざる様にすべし

この会には教員も可成《なるべく》出席し談笑の際自然と生徒を善に誘導すべしかくするときは教場内にて知りにくき生徒の性質及びその意思のある所を審《つまびら》かにするを得て授業上甚《はなは》だ便利なるのみならず互に親愛の念を生じて生徒は教師を慕い教師は生徒の為を計るに至るべし

毎年一回或《あるい》は二回この小茶話会の大会を開き全校一致の実を挙ぐべし各小会をして互に相競いて徳義を研究せしむべしただし教師は注意してその間に葛藤の生ぜざる様また上級生の下級生に対して*誘掖《ゆうえき》の労をとる様に導くべし

一　教場は必ず一級に一室を与うべし教師に一室を与えて生徒をして順次転席せしむるときは同級の生徒互に相親交するの機を失して何事も和合しがたく且《か》つ同輩の善に倣《なら》いまたその悪を正すの途を*茅塞《ぼうそく》するの恐れあり

（これは余が高等中学より大学に徙《うつ》りて大《おお》いに感じたる事なり大学に在っては

醇々　丁寧に繰り返して教えさとすさま。

砥励　とぎみがくこと。

健啖　たくさん食べること。おおぐい。

誘掖　導き助けること。

茅塞　心がふさがれること。人が歩かない山路が、茅（ちがや）に塞（ふさ）がれてしまうことから。

恰《あたか》も野蛮人が水草を逐《お》うて転居するが如く常に教師の跡を慕うて転室する故交友の間自ら冷淡に流れ易し高等中学にありし頃は己れの室は己れの家の如く同級生は恰《あたか》も一家族の如き思いありしなりこれは余が親しく経験する所なれば教育者はよろしく注意ありたきものなり）

智育上の改良

（一）しばしば述べたるが如く高等中学は実際大学の予備校なればしばらくおき尋常中学に至っては明かに二種の人物を養成するものなり即《すなわ》ち文部省令に云えるが如く一は普通教育を受けたる中人以上の業務を執る者を製造し一は将来高等の学科を修むべきものの下地を造るこの二種の目的を兼有するが為め学科上大《おおい》に不都合を感ずるに至る将来大学にでも入らんとするものは是非《ぜひ》共《とも》力を外国語及び数学に用いざるべからずまたかかる遠大の目的なきものか、あれども修業しがたきものは以上の科目に左迄力を用うるに及ばず従って教授上少しは斟酌《しんしゃく》せざるを得ず然《しか》るに今の組織は両者に対し毫も区別する所なしこの点については教育者中種々議論のある話にて或《あるい》は中学教育の方針を中途より分岐し将来高等中学に入るものと実業につくものとを区別すべしと云い（明治二十二年十一月発兌大日本教*育会雑誌阪本龍氏論文参照）或《あるい》は地方の情勢により断然孰《いず》れかその一を択んで実業学校にするかまたは高等中学予備校にすべしといい（同年十二月同雑誌和田豊氏論文参照）未だ何とも方付かざれども早晩何とか処置せざればある生徒は他の

＊大日本教育会雑誌　一八八三年（明治16）に結成された全国的な教育団体である大日本教育会発行の雑誌。同会はその後、帝国教育会と改称し、第二次大戦直後まで活動を続けた。

生徒の犠牲に供せらるるに至るべし管見によれば今の尋常中学の下三年は一様にこれを教授し四年目より実業的と予備的の二に分ちたらば如何ならんと思わるただし予備的のものは従来の学科を用いて不都合なかるべく実業的の課目は経験なき余の妄撰するを欲せざる所なれども英語とか数学とかの時間を減少して必用の課目を入れたらばよからん

（二）外国語の教授には尤《もっと》も意を用いざるべからず元来西洋諸国は同一の宗教を有し同一の衣食同一の風俗を保ちその国語の組織も大抵似よりたる故己れの国語より他の国語に移るは東京人が薩摩語を修するよりも容易なる事なれど日本と西洋とは風俗習慣よりその言語の構造に至って截然《せつぜん》として別物なる故吾人が西洋語を学ぶには非常の困難を感ずるなり然《しか》るにこの外国語の智識は学問を修するに当って只一の器械なれば是《ぜ》非《ひ》共《とも》これに通暁せざるべからず従って西洋人の力を用うるに及ばざる点において人の知らぬ困難を犯しまた馬鹿馬鹿しと思う程の時間を費やすの已《やむ》を得ざるに至る現に大学の文科などにても羅甸《ラテン》語の為め独逸《ドイツ》語の為め或《あるい》は仏語の為めに大切の時間を奪われ専心その専門を修むる能《あた》わざるの憾《うらみ》ある位なれば中学校などにて当の目的に縁なき語学の為に苦しめらるるは仕方なき次第なり去りながら只《ただ》仕方なしと許《ばか》りにて一向これに頓着せざるときはその困難何《いず》れの日にか除去するを得ん力を教育に用うるものはよろしくこの点に注意すべきなり先《ま》ずこれを改良するに二法あり一は良教師を得る事二はその教授法を改むる

事なり教師を得るの法は前篇教師の資格と云える処にて既にこれを述べしが如く文科大学卒業生か（*純正文学専門のもの尤《もっと》もよし）或《あるい》は今の高等師範学校生徒の外国語の智識を一層高めたる上これを中学に赴任せしむべし尤《もっと》も外国語の六《む》ずかしきは前に述べたる通りなればかくの如く格別の目的を以て製造したる教師と雖《いえ》ども決して完全の良教師と云うべからず現に吾知友中英語を正しく発音し得るもの甚《はなは》だ寡《すく》なし余《よ》の如きは英文学を以て専門となすものながら将来英語の教師たるに適せる学力なきは常に慨嘆する所なりこは無論吾才識の陋劣なるにもよるべけれども一は外国語の非常に困難なるを証するに足るべし故に仮令《たと》い余が注文通り教師を中学に派遣するも充分なる教授は覚束《おぼつか》なけれどもこれを現時の乱暴なる先生方に比すればその優れる事幾倍なるや知るべからず漢学の日本に入るや久しその尤《もっと》も盛なる時において猶且《なおかつ》*西土を圧倒するに足らず況《いわ》んや欧語の吾朝に来る二十五年を出でずその造詣の差決して漢籍の比にあらざるにおいてをや故に現今の教師に完全ならん事を望むは恰《あたか》も赤子をして飛脚屋たらしめんとするが如し先《ま》ず先ず前述位の改良にて当分は辛防《しんぼう》すべしまた所在の宣教師を聘してその地方中学の教師となし会話作文誦読等の諸科を担当せしむるも可ならん右等の諸科は到底日本人には充分の教授をなす事六《む》ずかしければなり就中《なかんずく》作文の科の如きは本朝人の気の付かぬ処の誤謬の存するものにて中々生徒の文章を改竄するなどという手際は望むべき事ならずこれ余が予備門入校以来親しく経験する所なれば是非《ぜひ》

純正文学　言語学や哲学等を含む広義の「文学」ではなく、芸術としての言語表現のこと。literature の訳。

西土　日本から見て西方の国。ここでは西洋を指す。

共《とも》中学に一人位は洋人を傭《やと》いおくべし学者でなくとも普通の読み書きが出来て品行方正なるものならば差し支えなかるべし明治二十三年の統計を覧《み》るに全国中学の数四十四にして外国人の教師たるもの二十八人あり故に今十六人を傭えば丁度《ちょうど》一校に一人宛《ずつ》の割となるこの位の改良は差したる困難にあらずと思わる

第二の改良案は授業法に関すこれを数節に分ち左に愚見を述べんとす

(一)　用書の事、　用書は可成《なるべく》卑近のものを択んで高尚に失せざる様心掛くべし生徒というものは随分虚栄を喜び易き者故少しにても六《む》ずかしき書物に手を着けたがる故教師も不得已《やむをえず》自己の力にてさえ覚束《おぼつか》なき者を無理に講読するに至るこれ目今私立学校の通弊なりとす官立学校にあってはこの害稍《やや》少なしと雖《いえ》どもこれが教師たるものは常住生徒にこの傾きあるを承知せざれば規則のみ立派にて実力は少しも進歩せざるべし

(a)　西洋と日本とは道徳上の観念非常の差あり仮令《たとい》語学の稽古なりとて日本従来の徳義と衝突する様な本を講読して平気なるときは生徒は何時《いつ》しか書中の思想に感化せられ遂には日本人の胴に西洋人の首がつきたる如き化物を養成するに至るべしこれは深く注意すべき事にて元来中学生徒などは外国語を修むるに当りこれは向来*高尚なる学問をなすの方便故不得已《やむをえず》入らざる時間を捧げてこれを修むる者ぞという事に気がつかず只《ただ》その課目時間の他よりも多きを見且《かつ》世間にて洋語の持て囃さるるを聞く故この課目自身がかく迄《まで》に大

外国人の教師　たとえば当時、島根県松江中学で教えていたラフカディオ・ハーン（小泉八雲。一八五〇年～一九〇四年）などがその代表。また、愛媛県尋常中学校の漱石の前任者もジョンソンというアメリカ人教師であった。

向来　従来。これまで。

切なる者と心得果《はて》は書中に如何なる事柄あるもこれを貴重するの念を起すに至るなり故に教科書は尤《もっと》も選択せざるべからず余嘗《かつ》てある私立学校に出席して英詩を講読せしに詩中には日本人として云うに忍びざるの言辞を翻訳せねばならぬ場合ありて独《ひと》り赤面せる事あり大体かかる傾きを有する書は講ぜざるを可とすまた正面より見れば道徳上に益あるも或《ある》点において不都合の箇処あらば日本西洋風俗の差を指摘し生徒をしてかかる思想に浸染せられざる様心掛くべしこれ教師たるものの見識のある処なり

(b) 日本人は中年より西洋語を学ぶものなり西洋人は幼時よりその国語を学ぶものなり故に人間発育の時期既に異なり去れば用事中にある事柄もそれに準じて異ならざるべからず「猿が手を持つ」*などという言は六歳前後の小児には多少の興味あるにもせよ十四五歳の学童には面白き筈《はず》なく且《か》つ人物養成の点において一毫の裨益なきなり故に中学にて用うる読本には可成《なるべく》注意して生徒の学齢に応じたるだけの道徳的智識的に有益なる事柄を記載せるものを択むべしもし適当の書籍なきときは本邦在留の外人に嘱してこれを作らしむべし尤《もっと》も文部省にて出版せる読本中洋語にて日本支那の事を綴れる者ある様なれど語学なればとて只《ただ》文字上の学のみならずその国語中に出て来る器物の名、人名、地名、家屋道路の景況等も知らざればその国語より出来るだけの利益を収めたりと云うべからず故に編中の事柄は西洋にしてその思想は邦

*猿が手を持つ　The ape has hands の訳。これはこの頃の中等学校用英語教科書にしばしば用いられた語句で、初学者が最初に出会う文章の代表格。

人の陋習を打破《うちやぶ》るか或《あるい》は本来の美徳を誘導するものを撰ぶべし（*自助論の如きはその適例なりとす）

(c)　方今《ほうこん》の生徒が洋語を学ぶに当って第一に不都合を感ずるはその教授組織の乱雑にして入《い》らざる処に骨を折り費やさずとも済む時間を費やさしむるにありわが高等中学にありし頃二三年間独逸《ドイツ》語を学びたりと雖《いえ》ども何事も覚えたる事とてはなし大学に来りて始めて最初からやり返したるに過ぎず尤《もっと》もこれは余輩が不勉強なる事大原因なれども一は教え方の苦しき許《ばか》りにて少しも面白からざりしが為のみ仮令《たと》い余等が独逸語における如き不都合なきにせよかかる有様にて今の少年が尋常中学にて五年間英語を修めたりとてその得る所果して幾何《いくばく》ぞや故に現今第一着手に改良すべきは外国語教授の系統を正うして厳重にこれを生徒に課するにあり厳重にこれを課するは只《ただ》教師の心得次第にて出来る事なれど如何にして教授上の系統を立るかと云うに先《ま》ず日本語を洋語と比較対照しその似たる処とその異なる所を審《つまびらか》にして文法兼会話書ともいうべき書物を作るにあり始めは極《ごく》単簡なる文章より進んで稍《やや》高尚なる構造法に従《うつ》りこれを終れば洋語の組織瞭然たるが如くにすべし（文部省は一日も早くかかる書の編纂に従事すべし「*コンフォート」の独逸《ドイツ》語案内は好例なり好材料なり）

(二)　訳読法

自助論　スマイルズ（一八一二年～一九〇四年）の著書 *Self-Help*（一八五九年刊）のこと。日本では中村敬宇（正直）によって『西国立志篇』という題で翻訳され、ベストセラーになった。

コンフォート　アメリカのシラキュース大学の教授。彼が英語で著したドイツ語の入門書は定評があり、日本でも印刷され、ドイツ語教育に用いられた。

(a) 訳読は力《つと》めて直訳を避け意義をとる様にすべし「ザット」の「イット」で押して行く時は読《よむ》のに骨が折れて時間上余程の損害を招く

(b) ただし一字一字の訳は可成《なるべく》明瞭に説き明すべし初学者は常に一定の訳字を得ん事を願うものなりこれは不適当なる訳字にてもこれを聞くときは胸中に瞭然たる印象を生ずれども十数言を以て一字を説明するときは脳中混乱してその意義を捕捉し難きによる然《しか》れども一度び不適当の訳字を胸中に蔵《おさ》むるときはその害容易にぬけず故に廻りくどくとも長々しき説明をなしたる上もし会し難き場合あらば不穏にても訳字を用うべし

(c) 熟字に遇《あ》う毎にこれを書取《かきと》り且《か》つ諳誦《あんしょう》せしむべし

(三) 読方

(a) 読方は訳読を付けたる場所に限るべしかくすれば「リーヂング」*と共に意義を解する習慣を生じ後来渉猟の際その便鮮《すくな》からず

(b) 上級にあっては未だ訳読を済《すま》さざる場所にても容易なる部分はこれを読み翻訳の手数を費やさずして直《ただ》ちに洋書を理解する力を養うべし

(c) 教師は訳読の済んだる部を徐々と朗読し生徒をしてこれを日本文に書き直さしむべし

(四) 作文

(a) 作文に先《さきだ》って文法と書き取りに熟練せしむべし稍《やや》熟したる頃に毎時

* リーヂング　読むこと(reading)。

熟字十数を与えてこれを暗記せしめ次回にはその一を択んでその作文中に挿入せしむただし作文は極めて簡単なるべし

(b)　教師は生徒をして順次黒板にその作文をかかしめ全級の面前にてこれを正すべしこれ全級生をしてしばしば同一の誤りをなさしめざる好方便とす

(c)　漸々上達するに及んで問題を与え短文を作らしむべしただし思想の順序を正うすべし

(d)　時々訳読書を朗読し生徒をしてその義を文章に綴らしむべし（洋語にて）、初めは既に訳読を了へたる処を朗読し後には未だ知らざる所を朗読す

(e)　時々日本支那の文章を取りこれを翻訳せしむべし

(三)　他の諸科学の教授についてはは可成《なるべく》教科書を用うるを可とす毎時日課を与えてこれを暗誦せしめその余りに諸書を参考して有益の「ヒント」を与うべしかくすれば(一)生徒の記憶力を練習し(二)且《かつ》試験前になり急に勉強するの風を匡正するに足る

動植物等の教授は決して数級を合併せしむべからずこれらの諸科は大概実地の標本を覧《み》ざれば何の益《やく》にも立たぬ者なり余が高等中学に在りし頃植物学の教場にて顕微鏡を使用したる事あれども多人数為め遂にこれを窺いたることなしまた地質礦物などの教場にても混雑の余り一回も標本を熟視せる事なかりしが故得る処は極めて少なかりし

生理などは仮令《たと》い教科書を用うるとも可成《なるべく》文字の解釈に止まらぬ様生徒の腑に落る様教授すべし昔し尋常中学校にて生理の授業を受けし時は只《ただ》日課を暗誦するのみにて字面を記憶せしと雖《いえ》ども実際身体の構造は＊茫乎《ぼうこ》たる処多かりしが如し

教科書は可成《なるべく》原書を用うべしこれは語学を上達せしむるの最方便なるのみならず科学上有益なる言語を覚えて将来の利益となる事多し加之《しかのみならず》大概の訳書は文字艱渋《かんじゅう》にして理義弁じがたき個所多きものなり

体育上の改良

（一）　今の体操は身体を練習するによきのみならず規律ある風習を養成するに必要なり且《か》つ国家万一の時に当り平素の訓練を応用するを得るが故可成《なるべく》厳重にこれを行うべし（温厚は美徳なりといえども柔弱なるは甚《はなは》だ害あり活潑は＊嘉《よ》みすべしと雖《いえ》ども粗暴は甚《はなは》だ賤《いやし》むべし今の学校にて運動家と云わるる者多くは粗暴なりまた遊び嫌いは大概柔弱なり願くば心を体育に止むるもの生徒の活潑にして而《しか》も温厚に粗暴柔弱の弊風に陥らざる様注意あらん事を）

（二）　体操は一週数時に過ぎざればこれを以て身体は充分に発育せらるべきにあらず且《か》つ鉄砲を取り扱いて兵隊の如く規律に束縛せらるるは当人の身にとりては余り愉快を感ぜぬ故課業外に運動会を設けて興味ある遊戯に自然と身体を発育せしむべし撃剣、柔術、舟漕、「テニス」皆便宜に従ってこれを設くべしただし運動会の主意は本《もと》と身体を練磨するにあればこの目的を忘れぬ様にするが必要な

茫乎　はっきりしていないさま。

嘉みす　たたえる。ほめる。

り紳士貴女を招待して勝者に賞品を与うるが如きは一方より見れば奨励の具たるが如くなれども一方より見れば勝を制して褒美を受る為に運動会に入るなどという卑劣者を生ずるの恐れあり能々《よくよく》注〔意〕すべし

（三）　運動は極めて普通ならん事を要すこれをして普及せしむるは教師卒《率》先して生徒と共に遊戯を試むべしかかれば一枚挙《こぞ》って運動好になり身体上精神上共に活潑なる結果を生ずべし且《かつ》つ教師と生徒の間を円滑ならしめ互の親密を増すに至る

右は中学に対する改良案と云うものの中には単に教授上の意見にとどまるものありまたは独り中学のみに適用せずとも可なるものあり要するに思い付きたる事は大概書き連ねたる教育上の一意見書に過ぎざるなり

解説

帝国大学文科大学英文学科三年の時に「教育学」の課題として書かれた論文。表題はのちの全集に収録される際、編者によって付けられたもの。三編より成り、漱石の教育観を記した第一編「序論」や、当時の中学校の実態を資料をあげて示した第二編「維新以来中学校の沿革」も充実していて読み応えがあるが、最も力を入れて書かれているのが表題に選ばれた第三編で、漱石はその中をさらに「大中小学校の聯絡」「教師の改良」「生徒の改良」の三節に分かち、不合理な現今の学校制度はどうあるべきか、問題の多い教師や生徒にはどう対処すべきか等のさまざまな課題に、自己の体験を踏まえて縦横無尽に答えていく。大学生のレポートとはいえ、漱石の教育への造詣の深さと熱意がひしひしと伝わってくる体系的な教育論となっていて、これこそまさに本書の眼目の一つといっていい。

「人間を造るは飴細工にて人形を造るよりも六《む》ずかし、六ずかしきが故に費用もこれに順じて嵩《かさ》むなり」ほか、教育に関して、現在にも通用する数々の提言が盛り込まれているので、ぜひとも熟読してほしい。最後は力尽きたのか、やや「思い付き」の観もなきにしもあらずだが。

なお、一八九四年（明治27）三月十二日付の正岡子規宛書簡によれば、漱石は高等師範学校講師時代にも同校校長であった嘉納治五郎の依頼を受けて、「尋常中学英語教授法方案」という文章を書いており、この現物は発見されていないが、一部の内容は、その下書きと考えられている英文の「General Plan」（『漱石全集』第二十六巻所収）で窺うことができる。

夏目教授の説演

予《よ》は、第*五高等学校の英語教諭にして、一週日の間、佐賀、福岡両中学の参観を、校長より命ぜられたり、当地に来れば、偶《たまたま》教育会開会中にして、幸に出席の栄を得たり、然《しか》るに、校長より、生徒諸君に向《むけ》ての演説を請われたるにより、未だ材料を蒐集し居らざるも、ただ脳漿《のうしょう》より搾出するままを述べて、説の当非は諸君の判断に一任せん、

予がこのたび出張の原因は、生徒の英語における成蹟好からざるにあり、他の学科は知らざれども、予の短日月の経験を以てするも、英語はこれを昔日に較ぶれば、退却して数歩の後にあるは、確然たる事実なり、もしかくの如く、生徒の力衰微し、その程度、また堕落して、果して世用に応ずるを得ば、無論異議を挟まずと雖《いえど》も、現今の状態にては、国運の事勢上、容《ゆる》さる可きことに非ざるのみならず、大学の求にだも応ずる能《あた》わず、然《しか》れば中学における教授上、充分の改良を要し、高等学校との連絡についても、幾分の変更を要せざるを得ず、ここに昔日英学修習の有様を述べ、近日と力量の懸隔《けんかく》したる所以《ゆえん》を語らん、

＊一八九七年（明治30）十一月八日、佐賀県尋常中学校で行われた講演。初出は同校の校友会「栄城会」の雑誌『栄城』第三号、一八九七年（明治30）十二月三十一日。岩波書店『漱石全集（一九九三年版）補遺』（二〇〇四年刊）を底本とした。

第五高等学校　一八八七年（明治20）、熊本に設立された第五高等中学校を前身とする旧制の官立高等学校。現熊本大学。漱石は一八九六年（明治29）四月からおよそ四年間、教鞭を執った。

予が去る、明治十七年、*翌年*高等中学校と改称されたる、*大学予備門に入門したる当時は、予備門の予備門見たる《衍》様なる学校数多ありし故、予備門入学志望者は地方中学を卒業せし者と否とに関せず入学前一年、或《あるい》は二年間は、必ず種々の勉強方法を設け、切嗟琢磨するが普通の順序なり、その間目前の目的は、入門試験に応ずることなるを以て、必要の学科、即《すなわ》ち英学数学に専ら力を用い、毎日正課、三四時間中、二三時間をこれらの修習に費し、質問説明、問題答案の如き、皆英語を用いたり、而して漢文は概ね地方にありし時、専門学科の如く研究し、且《かつ》その試験は比較上容易なりしを以て、これを片隅に置きたり、入門後は英学修習の時間非常に多く、一週十時間をこれに充て、加うるに、洋人の教授四五時間を以てしたり、また動物、生理、歴史、等の学科、及びロジック、理学等の科学は、皆原書を用い、説明答案等、英語のみを用いたれば、その進歩為めに著《いちじる》しく、甚《はなは》だ見るべきもの尠少《せんしょう》ならざりき、従《したがっ》て修学年限は四ヶ年にして、大学も等しく四ヶ年なりしが、変ぜられて三ヶ年となり、復旧して四ヶ年となり、後高等中学校と改称せられ、大学の一ヶ年を加えて、終《つい》に五ヶ年と定められたり、今やこの五ヶ年が、三ヶ年に改更せられたれば、修習年限、二ヶ年減小したり、一週日間においても、英学に充てられたる時間、削除せられたり、即ち現今は、洋人教授の時間を加うると雖《いえど》も、*一部において一週僅《わず》かに六七時間、特に*二部は八時間なれども、三年間を平均すれば、却《かえっ》て一部より少《すくな》し、また歴史ロジック等、その

翌年　漱石の勘違いで改称は翌々年の一八八六年（明治19）のこと。

高等中学校　六一頁脚注「第一高等中学」参照。

大学予備門　二五頁脚注参照。

一部　法学・政治学・文学の各学部。

二部　工学・理学・農学・薬学の各学部。

他二三の学科は、概《おおむ》ね日本語を以て口授筆記をなす、而して昔時は、英語を以て主幹の外国語とし、仏独語は、所謂《いわゆる》附属学科の如き観ありしかど、今は然《しか》らずして、英及独仏語、即ち第一及び第二外国語を、等しく相対峙せしめて、修習せしめ、両々*進歩せしむる方針なるを以て、英学に主力を集むる能《あた》わず、概言すれば、第一、諸学科修習の年限減少したるが故、従《したがっ》てその主要部分を占め居りし英語修習年限、減少したること、第二、一週日中、これに用うべき時間、減少したること、第三、諸学科を研究するに、原書を用うることが少きが故に、英語修習につき接触物を減少したること、第四、外国語修習上、主力の配分されたること、これ高等学校における主要なる原因なり、中学においては、即ち、一週日中、英語に用うる時間は減少せられ、諸学科、原書を用うること少きが故に、英語に接すること少なく、且《か》つ高等小学二年を卒業したる者は、無試験入学を許可する有様にして、もし入学試験を行うも、英語の試験をせざるが故に、昔時英語試験を行うて、入学を許可したる当時と、大《おお》いに面目を異にし、従来洋人を傭《やと》いたるも、今は頓《とみ》に嫌厭するの傾向を生じ、これを解傭*したる等、その進歩を遅緩にせしめたるもの少からず、特に会話、読方、発音等は、頗《すこぶ》る拙劣の域を脱する能《あた》わず、

かくの如く、中学及び高等学校を通して、共に学力低落したる実あり、その原因また明瞭なるを得たれば、吾人は必ずこれを救助するの策を講ぜざるべからず、然《しか》る時はその方法を論じ如何《いかに》せば改良進歩するを得べきかの問題に転ず、即

両々　両方。二つながら。

解傭　やとい人をくびにすること。解雇。

ち中学においては、第一、英語修習の時間を増加す、第二、その年限もまた長くす、第三、諸種の学科に原書を用う、第四、入学を許可するに昔日の如く英語試験を行う、第五、洋人を傭《やと》う、かく主要なる箇条を挙ぐるは、誰においても容易なることにして、主観的に云えば云うまでのこと、客観的に聞けば、聞くまでのことなれども、これを実際行うと云う階段に至れば、容易の事にも非ざるべし、

諸君の地位を考うれば、中学において英語研究の実を挙げ、その基礎骨格となるべき辺を看破して、充分養力すべきこと、最も必要なれば諸君益《ますます》勉励せられよ、徒《いたずら》に外国語は六ケ敷《むずかしい》と云うて已《や》むるは、卑屈なることにして、男子として実に恥辱とすべき事なり、

諸君は卒業後、当県を去て天下に出て、所謂《いわゆる》*轡《くつわ》を並べて中原に馳すと云う、大競争場裡に出入し、*鹿を争うの人々なり、特に九州は、各藩互に鎬《しのぎ》を削り、劇しき競争をなすが故にもし後れを取ることもあらんには、ただに諸君の面目を汚すのみならず、当藩当県の不名誉なり、されば高等学校において、決して牛後とならざる様、深く養力の主旨を刻銘せられ、大学の求めに応じ、併《あわせ》て高等学校における不足を補充せられんこと、予の最も希望する所なるが、諸君も必要上かかる勢に迫らるるならん、而してこれらの事皆諸君が為すを得べき事にして、能《あた》わざる所に非ざれば、今や益《ますます》警醒すべき時機なるを知らん、

これより二三の実験話をなし、諸君をしてその状態の如何なるやを知らしめ、

轡を並べて中原に馳す　皆で一緒に政権や地位を目指して争い合う。「中原」は天下の中央。転じて、競争の場。

鹿　帝位や権力のたとえ。「鹿」の字音が「録」に通ずるところから。

以て局を結ばん、予が高等学校において一驚を喫したるは、単語を知らざるにあり、もし一度位見たる字を知らざるは、元より責むべき価値あらず、十度二十度位、見たる字を、知らざるは、なお恕《ゆる》すべき点あり、然《しか》れども形跡上百度以上は確《たしか》に見たりし所の文字を知らざるに至ては、驚かざるを得ず、されば単語を暗誦し、字数を多く知るは、先《ま》ず目下の必要なり、かく云えば諸君は将《まさ》に曰わん、英和字彙は常に左右に在り、単語を知るも益少なしと、これ恰《あたか》も戦に臨んで鎧を着、盗を捕えて縄を撚《よ》ると、同日の談なりと云うも、弁駁するに言葉なからん、次に連結したる言語、（Phrase 及び Idiom）を結び付けたるまま、脳髄に運込まざるべからず、仮令《たとえ》ば At the risk of（In spite of, With respect to, In consequence of, By virtue of. の類ならん）の如き、連続したる言語は、その中の各字決して変更すべからざるものなり、然《しか》るに教場においてこれらを試問すれば不知と云い、或《あるい》は誤答をなすが故に困却することしばしばあり、また前置詞《プレポジション》の使用法を問えば、これまた知る者少し、（On both sides, Insist on, In height, In the habit, At will, Overjoy at, Ask of, Deprive of, Close to, Hard by. の類ならん）かかる有様なるを以て、諸君はこの机上に在る生木、茶盆の水に浸せば忽《たちま》ちこれを吸収するが如く、細密の辺まで観察力を運用し、細事と雖《いえど》も能《よ》く収集せざるべからず、恰《あたか》も*漆塗即ち一閑張の様に何程水を撒くも、常に濡《うる》おうことなく、跡を止めざれば、勉強の効決してある筈《はず》なし、また文章組立法《センテンスコンストラクション》、及び普通連携の字、例《たとえ》ば not so much の後には

漆塗即ち一閑張の様　漆（うるし）を塗った器物のようの意。漆が水をはじくことから、なんの効果も残さないこと。「一閑張り」は江戸初期、飛来一閑によって考案された漆器の一種。

as, It の後には that（It の Brackward reference 或《あるい》は Anticipativ subject の時）が必ず来る等の如き類に注意し文章の骨格を洞見して、各その形骸を知ることを得れば、如何なる難文と雖《いえど》もこれを解すること難からず、普通の学生は、文章の外見のみを見、指頭を前後に動かせながら意味を取り漸《ようや》く解し得て再三詳視するなく、唯《ただ》急速を主とするが故に、書中に如何なる妙味、如何なる組立法、或《あるい》は骨格あるやを探らず、甚《はなは》だしきは、その終章を見る時は、已《すで》に初章の記事を忘るる如くにして、兎角《とにかく》一度通過すれば、その本を閲読したりとなし、自ら喜ぶものの如し、然《しか》るが故に、已読の書中より一句を抜萃《ばっすい》し、骨格をそのままにし、少しく文字を入《い》換《か》えて問えば、初見の文章の如く見なし解する者多からず、その骨格の構造を示し、原文と対照して教示せば、如何にも感心したる顔色を以て聴く等、その他姑*息的に勉強したる弊は、枚挙に遑《いとま》あらず、而して口頭の働き、また幼稚と云わんより、寧《むし》ろ不注意より起る怠慢の為め、発音揚音《アクセント》点法の誤謬に陥いりたるもの甚《はなは》だ多し、Accident を Acident と発音し、名詞の Con'duct と動詞の Conduct' の区別を知らざるが如し、さればこれらの方面にも注意するを要す、或《ある》人は曰わん書籍さえ読むを得ば、発音等の余事何の用あらんと、これ食事するを好みて、運動するを好まざると等しきのみ、

　綴字法《ディクテーション》もまた大《おおい》に改良するを要す、高等学校試験において、正確なる綴字の文字を見んとせば一頁中摘集さるべき程少く、現に本年入学試験において Pomp

姑息　一時の間に合わせ。その場のがれ。

を Pump と誤綴し、華麗と龍吐水と取違えたり、（Friend を Freind とし Receive を Recieve とし Doctor を Docter とし Magnificent を Magnificient とする等）

以上の如く、何《いず》れの方面も好結果ならざる故諸君は一字一字を忽《ゆるが》せにせず、読易き本を熟読して、単語、熟語、発音、揚音、綴字、等を知る一挙両得の法を用い、難本を見るを措《お》かざるべからず、兎角《とにかく》近頃の学生は難本をさえ読めば、学者となるる様に思込み、平易にして有益なる書よりは、読み難くして乱雑なる書を好むの傾向あり、終《つい》にその要領を得ずして徒《いたずら》に貴重の歳月を浪費するものあり、これ恰《あたか》も行軍を為して、四方山川の配合天地の妙技を観るなく、唯《ただ》疲労を得るを好むと一般のみ、

予は昨年入学試験の際、好成績を望み、成可《なるべ》く容易なる問題を出し、六十点得点者、最多数ならんと思いしに、意外にも、成績表を作れば、三十点得点者最多なりしなり、もしこれを以て合格者を募れば、三百人中、僅《わずか》に四十名の外《ほか》、許可を与うるを得ざる勢なり、然《しか》れども、元競争試験なりしを以て、多数の人員を許可することとなりぬ、明年もまたその試験中英語加〔わ〕らば、その一部と認め得る者は、綴字の如きも、その他何《いず》れを行うやも知らざれば、高等学校入学志望者は、益《ますます》奮励せられよ、

已《すで》に時間も経過し、教場教授も拝見したければ、これにて止めん、諸君が冗論を待つに貴重の時間を以てせられたる所以《ゆえん》を、無益視せられざれば予の光栄とす

華麗と龍吐水　「華麗」は pomp の、「龍吐水」は pump の日本語訳。「龍吐水」は消火用の木製手押しポンプ。

四方山川の配合天地の妙技　周囲の天然自然の美しさのこと。

る所なり、

ちなみに記す、読方、発音、*揚音点についての不注意は、英学者の最《もっ》とも躓《つまず》き易《やす》き*垤垓《てつがい》にして、彼らがこれを知らざるが為め、和洋の衆人*稠坐《ちゅうざ》中笑を招くことしばしばありと云う、さればこれが為め、ここに数行を費すもあながち無益ならざるを信ず、それ Accent. は二綴《シレブル》以上を有する言葉に発音する時、これが在る方を音に揚ぐる標点なり、例えば Con’dut は Conduct 即ち中央を少しく揚げて発音し Conduct’ は Conduct 即ち後方を少しく揚げて発音するを要す、これらは甚《はなは》だ些細なることにして注意する価値なきが如《ご》としと雖《いえ》ども、同綴同形の同文字が、このアクセントの在所に依り、名詞動詞或《あるい》は形容詞に変じ、意想外の意味を表わすことあり、例えば Des’ert（名詞，砂漠）Desert’（動詞，見捨ツル）或《あるい》いは Inval’id（形容詞，無効ナル或ハ弱キ）In’valid（名詞，病人）の如き、その他数うるに遑《いとま》あらず、而して独仏語等は文法上、アクセントの在所、一定さるる由なるが、英語は然《しか》らず、その在所各字異れり、されば辞書を繙《ひもと》きこれを知得する外《ほか》、道なしと雖《いえど》も、慣〔れ〕れば容易の業になりゆき、少しく観察力を密にすれば、その在所多数の字に共通し、殆《ほとん》ど規則ともすべきもの数項あるを知るに難からず、

揚音　アクセント。
垤垓　盛り土・小山の意の「垤堄」（てつげい）の誤記か。
稠坐　人がこみあっている場所。

解説

熊本第五高等学校の教授に就任した翌年（一八九七年）、佐賀・福岡両県への出張を命じられ、視察先の佐賀尋常中学校で行った生徒向けの講話。

この出張の目的は、冒頭で述べられているように、高等学校入学者の英語力が年々低下していたため、漱石にその対策を立てさせることであったのだが、調査地で「説演」を依頼されてしまったのである。予想していたことなのかどうか、漱石は淀みなく自身が受けた英語教育と現今のそれとを比較し、以前に比べ英語に接する時間や機会が圧倒的に少なくなっているため、英語力の低下は必然だと述べている。そして、それを改めるには諸制度を元に戻すほかにないが、簡単にできることではないので、結局「諸君益《ますます》勉励せられよ」と叱咤するのである。

むろん、いたずらに難しい本に固執するのではなく、易しい本を熟読し基礎を徹底的にマスターせよという具体策も忘れてはいない。ちなみに、漱石はこの後、英語の授業を視察し、昼食後、佐賀中の先生方と英語の教授法について語り合っている。

福岡佐賀二県尋常中学参観報告書

第一　佐賀県尋常中学校*　十一月八日

授業参観時数　三時間　十時ヨリ一時半ニ至ル（〔原〕午前八時ヨリ講堂ニ於《おい》テ海軍少佐長井氏ノ海軍ニ関スル講話アリ此際依頼ニヨリ英語ニ関シテ一場ノ談話ヲナセリ午後一時半ヨリ同校英語教師ト会シテ教授上ノ質議〔疑〕ヲナシ又之《これ》ニ関シテ卑見ヲ述ブ三時半ニ了ル故ヲ以テ一日ヲ校中ニ消シタリト雖《いえ》ドモ三時間以上ノ授業ヲ観ルコトヲ得ズ

参観年級　四年、三年、二年

四年級

課目、訳読

用書、マコーレー*著論文

教師、専門学校卒業生某氏

生徒人員、四十名許

教授法、生徒ヲシテ数行ヲ音読セシメ而《しか》ル後之《これ》ヲ翻訳セシム夫《それ》ヨリ教師再ビ

＊一八九七年（明治30）十一月八日から十一日、第五高等学校の英語教師として佐賀・福岡両県の中学校四校を訪問し、授業を参観したときの報告書。執筆は本稿末尾に記されているとおり、一八九七年（明治30）十一月二十三日。

佐賀県尋常中学校　一八七六年（明治9）に創設された佐賀変則中学校が改称した中学校。佐賀藩の藩校・弘道館の流れを汲む学校の一つで、佐賀市城内にある現在の佐賀県立佐賀西高等学校の前身。

マコーレー　イギリスの歴史家・政治家（一八〇〇年〜五九年）。『イギリス史』（全五巻）をはじめ数多くの著作があり、ホイッグ党の下院議員として閣僚まで務めた。

之《これ》ヲ講ズ

傾向、教師生徒共ニ単ニ意義ヲ解スルコトノノ《衍》ミヲ力《つと》メテ発音法等ニ注意セザルガ如シ又単語熟語等ノ暗誦ヲ試ミザルニ似タリ用書困難ニシテ此ニ及ブノ余裕ナキカ将《は》タ此点ニ於テ冷淡ナルカ

三年級

課目、訳読

用書　文部省会話読本

教師　専門学校卒業生某氏

生徒　四十名内外

教授法　前ニ同ジ

傾向　此級ニ在ツテハ四年級ヨリモ少シハ発音等ニ注意スルガ如シト雖《いえ》ドモコハ単ニ教師ノミニ止マリ生徒ハ依然トシテ冷淡ナルガ如シ且《かつ》会話読本ヲ用ウルニモ関セズ其《その》使用法ハ毫モ会話読本ノ用ヲナサザルガ如シ尤《もっと》モ他ニ会話ノ時間アリテ之《これ》ヲ補ウガ為カ

二年級

課目　会話作文文法

用書　欠

教師　平山氏（永ク洋人ニ就《つい》テ学ビタル人）

生徒人員　五十名許

教授法　生徒ヲシテ前回ノ英訳一二句ヲ暗誦セシメ指名ノ上之《これ》ヲ講壇ニ上ラシメ他ノ生徒ニ対シテ暗誦セル句ヲ高声ニ誦セシム（以上会話）次ニ教師暗誦セル英語ノ続キ一二句ヲ日本語ニテ与エ生徒ヲシテ之《これ》ヲ英訳セシム右終ッテ生徒ノ英訳ヲ黒板ニテ正シ（以上作文）而《しか》ル後以上正シタル英訳ニ就キテ文法上ノ質問ヲナシ又此《この》方面ニ向ッテ新知識ヲ授ク（以上文法）

傾向　教師ハ頗《すこぶ》ル正則的*ニ英語ノ知識ヲ注セント企テ生徒ノ冷淡ナルニモ関セズ着々正則的ニ進歩スルノ見込アリ且《かつ》一時間内ニ在ッテ会話作文文法ノ三科ヲ教授スルハ諸科ヲ融合シテ打テ一丸トナスノ便利アリ此《この》方法ニ因リテ此《この》師ノ授業ヲ受ケバ少ナクトモ此《この》諸科ニ対スル知識ハ高等学校入学試験ニ応ズルニ充分ナラン

第二　福岡修猷館*　十一月九日

授業参観時数　四時間　九時ヨリ一時ニ至ル

参観年級　五年四年三年二年

二年級

課目　訳読

正則的　「正則」とは当時官立の外国語学校等で行われていた英語の教授法のことで、会話・作文・文法のすべてを万遍なく扱う。対して、読解に主眼を置いた教授法を「変則」と呼んだ。

福岡修猷館　福岡県尋常中学修猷館のこと。福岡市大名町堀端にある。現在の福岡県立修猷館高等学校の前身。なお、「修猷館」は旧福岡藩の藩校名。

用書　読本
教師　平山氏
生徒人員　五十名許
教授法　最初ニ各節ノ冒頭ニ於ル綴字及ビ発音ノ練習ヲナシ次ニ読方ニ移ル初メ教師模範ヲ示シ次ニ生徒一節宛之《ずつこれ》ヲ練習ス此《かく》ノ如クスルコト二回初回ハ出来ヨキ生徒ヨリシ次回ハ下位ノ生徒ニ及ブ読方ノ教授法頗《すこぶ》ル厳格ニシテ少疵ヲ寛仮*セズ訳読ノ教授法モ亦《また》読方ニ同ジク教師先《ま》ズ一節ヲ訳シ上位ノ生徒之《これ》ニ傚《なら》イ一巡ノ後下位ノ生徒之《これ》ヲ復習スルコト一次ニシテ終ル
傾向　全体ノ傾向ハ読方ニ重キヲ置キテ厳ニ発音「アクセント」ヲ練習スルモノノ如シ故ニ生徒ハ此《この》点ニ於《おい》テ頗《すこぶ》ル進歩セルガ如シ此《この》級ノ生徒ハ中学ニ入リテ始メテ英語ヲ学ベルモノナレドモ他中学ノ生徒ニ比シテ少ナクトモ発音ノ点ニ於テ優ルベキヲ信ズ訳読モ亦《また》他ト異ニシテ生徒ハ自宅ニ在ッテハ只《ただ》復習スルニ止マリテ翌日ノ部分ヲ下読スルノ労ナキヲ以テ自然ト既ニ稽《なら》イ得タル部分ヲ反復スルノ余地アルベシ
三年級
課目　訳読
用書　第四読本*

寛仮　大目に見て許すこと。

第四読本　当時、ウイルソンのリーダーと並んで広く用いられていたサンダースの『ユニオン第四読本』（*Sanders' Union fourth Reader*）を指すと思われる。

教師　鐸木氏（農学士カ）
生徒人員　四十名許
教授法　此《この》級ニ在ッテハ二年級ト異ニシテ生徒ハ各自下読ノ上ニテ教室ニ入ル而シテ指名セラレタル生徒ハ一節位宛《ずつ》教科書ヲ音読ノ上ニテ和訳ス而《しか》ル後教師又重ネテ之《これ》ヲ訳ス
傾向　此《この》級ニ在ッテハ二年生程発音法ニ注意セザルガ如ク教師生徒共ニ意義ニ重キヲ置クガ如シ

四年級
課目　和文英訳
題目　新艦進水式
教師　小田氏（同志社卒業後米国ニ遊学セル人）
生徒人員　四十名許
教授法　生徒両三名ヲシテ自作ノ英訳ヲ黒板ニ書セシメ教師之《これ》ヲ批評訂正ス尤《もっと》モ生徒ノ困難ヲ感ズベキ単語字句ハ予《あらかじ》メ之《これ》ヲ教ウルモノノ如シカク一遍訂正セル者ヲ浄書ノ上教師ニ呈出セシム
傾向　教師ハ常ニ英語ヲ用イテ殆《ほと》ンド日本語ヲ雑《まじ》エズ生徒モ亦《また》力メテ英語ヲ使用セントスルモノノ如シ文章ハ固《もと》ヨリ*疵瑕《しか》ナキニアラズト雖《いえ》ドモ中学四年生ノ文章トシテハ大《おおい》ニ観ルベキモノアリト思考ス

疵瑕　欠点。まちがい。

五年級
課目　訳解
用書　「ゴールドスミス」*論文集
教師　小田氏
生徒人員　四十名許
教授法　生徒順次ニ一節位宛《ずつ》ヲ和訳スルノ外ハ毫モ日本語ヲ用イズ教師生徒共ニ英語ヲ使用スルニ熱心ナルガ如シ而シテ此《この》時間ハ訳読ノ課ニ属スト雖《いえ》ドモ実際ハ会話及ビ文法ノ授業トナルモノニテ現ニ五年級ノ英語ハ和文英訳ヲ除クノ外ハ皆此《この》授業中ニ含マルルモノノ由ナリ
傾向　西洋人ヲ使用セザル学校ニ於《おい》テ斯《かく》ノ如ク正則的ニ授業スルハ稀ニ見ル所ニシテ従ッテ其《その》功績モ此方面ニ向ッテハ頗《すこぶ》ル顕著ナルベキヲ信ズ

第三　久留米明善黌*　十一月十日
授業参観時数、三時間　此《この》日英語主任教師欠席シテ其《その》授業ヲ観ルヲ得ズ
参観年級　一年四年五年
一年級
課目　訳読及《および》綴
用書　読本

「ゴールドスミス」論文集　ゴールドスミスはイギリスの詩人・小説家・劇作家（一七二八年～七四年）。長詩「旅人」等で人気を博した。彼の「論文集」とは *Essays and Poems* のこと。

久留米明善黌　福岡県久留米尋常中学明善校のこと。久留米市篠山町にある。旧久留米藩の藩校「明善堂」の後身で、現在の福岡県立明善高等学校。

教師　失名

生徒　五十六名

教授法　首《はじめ》ニ単語ニ就キ発音及ビ意義ノ復習ヲ行イ次ニ訳読ヲ授ク其《その》方法ハ全ク直訳ニテ「彼ガ彼ノ顔ニ於《おい》テ落チシ」等ノ言語ヲ用イ而《しか》ル後之《これ》ヲ意訳ス故ニ音読直読《訳》意訳ノ三段階ヲ通ジテ始メテ日課ヲ終ルモノナリ

傾向　生徒教師共ニ正則的方面ニ於テ冷淡ナルガ如シ

四年級

課目　訳読

用書　中外読本

教師　稲津氏

生徒　三十五六名

教授法　教師意義ヲ講ジ終ッテ生徒質問ヲ呈出ス一時間中生徒ハ単ニ教師ノ説ヲ聞クノミ

傾向　教科書比較的ニ難渋ナルノ感アリ参観ノ時教師ノ講ジタルハ慥《たし》カニ十七世紀以前ノ文学ト覚ユ是《これ》生徒ノ輪講ヲ試ミザル源因ナルベシカカル文章ハ高等学校ノ三年生ト雖《いえ》ドモ解釈シガタカラント思ウ従ッテ発音其《その》他ノ点ニ於テ殆《ほと》ンド注意ヲ与ウルノ余地ナカラン

五年級

課目　訳読
用書　*「クリミヤ」戦争記
教師　松下氏
生徒人員　三十名許
教授法　普通行ワルル処ノ輪講ニシテ別ニ目立チタル点ナシ
傾向　五年生トシテハ一般ニ学力不足ナルガ如シ然《しか》レドモ質問ノ夥多《かた》ナルヨリ察スレバ生徒ハアナガチニ不勉強ナルニモアラザルベシ（[原]参観時間三十分許《ばかり》ナルヲ以テ精細ニ観察スルヲ得ズ

第四　*柳河伝習館　十一月十一日
授業参観時数　三時間　九時ヨリ十二時ニ至ル此《この》日午後一時半ヨリ行軍アルヲ以テ午後ノ課業ヲ観ルヲ得ズ
参観年級　一年二年三年四年
一年級
課目　訳読及《および》綴字
用書　*[斎]斉藤氏著第二読本
教師　玉真氏（長ク米国ニ遊学セル人）
生徒　六十名許

「クリミヤ」戦争記　当時の明善黌五年級の英語教科書名が"Crimean War"であったという。

柳河伝習館　福岡県尋常中学伝習館のこと。福岡県柳川市本町にある。現在の福岡県立伝習館高等学校の前身。なお、「伝習館」は旧柳河藩の藩校名。

斉藤氏著第二読本　斎藤秀三郎著 *Second English Primer*（一八九六年刊）のこと。斎藤秀三郎（一八六六年〜一九二四年）は一高教授。神田に正則英学校を創設し、数多くの英語教科書や英語辞典を刊行した。

教授法　生徒ハ勿論《もちろん》日本語ニテ教科書ヲ訳解シ教師モ書中ニアル言語ハ日本語ニテ説明スレドモ「書ヲ開ケ」「翻訳セヨ」等ノ命令的ノ語ハ重《おも》ニ英語ヲ用ウルガ如シ
傾向　一般ニ生徒ノ出来モ教師ノ教方モ可ナルガ如シ

二年級
課目　和文英訳
用書　*山崎氏著英語教科書
教師　同志者《社》卒業生某氏
生徒　五十名内外
教授法　教科書中ニアル和文ヲ英訳セシメ順次ニ之《これ》ヲ黒板ニ書カシメ之《これ》ヲ訂正ス
傾向　此《この》種ノ書ヲ厳密ニ教授セバ将来非常ノ利益アルベシ生徒ノ文章中文法ノ誤謬アルハ問ワザルモ綴字ノ乱雑ナルハ一年級ニシテ未ダ英字ヲ書スルノ時日短カキガ為カ

三年級
課目　和文英訳
用書　*斉《斎》藤氏著会話文法
教師　農学士某氏

山崎氏著英語教科書　当時の伝習館の記録によれば、教科書と崎山元吉編述『英語教授書』が使用されていたという。「山崎氏」は「崎山氏」の誤記か。

斉藤氏著会話文法　前記の斎藤秀三郎による *English Conversation-Grammar*（一八九三年刊）のことと思われる。

生徒　四十名内外

教授法　前ト異ナル処ナシ但《ただし》二年ニ在ッテハ英訳ヲ一々黒板ニ書セシメ此《この》級ニ在ッテハ只《ただ》生徒ノ口答ニ止マルコト多シ思フニ二年級ニ在ッテハ専《もっぱ》ラ文章ヲ学ビ此《この》級ニアッテハ会話ヲ主トスルニアルカ

傾向　然《しか》レドモ過半ノ生徒ハ教師ノ問ニ答エ能《あた》ワザルノミナラズ会《たまた》マ答ウルモ誤謬多キコト甚《はなはだ》シ以テ生徒ノ余リ英語ニ熱心ナラザルヲ見ルベシ

四年級

課目　ユニオン第四読本*

教師　農学士某氏

生徒　三十五名許

教授法　先《ま》ズ生徒ヲシテ輪講セシメ教師再ビ之《これ》ヲ講ジ而《しか》ル後質問ニ移ル読方等正則的訓練ニハ余リ意ヲ用イザルニ似タリ

傾向　注意スベキハ生徒ノ発音ヨカラヌコトナリ又訳読ノ力モ割合ニ進マザルニ似タリ

〔明治三十年〕十一月二十三日

第五高等学校教授　夏目金之助

*ユニオン第四読本　「第四読本」（一〇三頁脚注参照）に同じ。上記の「課目」は「用書」の誤記。

解説

一八九七年（明治30）十一月七日から十一日にかけての佐賀・福岡出張の報告書。初出の全集には「熊本大学保管漱石自筆の文書。半紙袋綴じ一面十行、一行二十字、十三枚の毛筆書き」と紹介されている。

七日佐賀に宿泊した漱石は、翌八日、早速佐賀県尋常中学校に出向いて先の「夏目教授の説演」をこなした後、三時間英語の授業を観て協議。その後福岡へ移動し、翌九日から三日間、福岡県尋常中学校修猷館、同久留米明善黌、同柳川伝習館で、午前九時から各三、四時間の授業参観を行い、その足で熊本に戻った。当時とすればかなりハードなスケジュールのはずだが、その間漱石は少しも手を抜いていない。むろん、所属機関への報告書という性質を考えれば当然のことではあるのだが、主に「教授法」と「傾向」に示された個々の参観授業についてのコメントは、新進気鋭の英語教師としての漱石の自負を窺わせている。漱石はどうやら発音を重んじ、偏りのない詰め込み授業を求めていたようだ。

語学養成法

＊初出 『学生』一巻一号・二号、一九一一年（明治44）一月一日・二月一日。

語学の力の有った原因

一般に学生の語学の力が減じたと云うことは、余程久しい前から聞いて居るが、私もまた実際教えて見てそう感じた事がある。果してそうだとすれば、それは何《ど》う云う原因から起ったか。その原因を調べなければ学習の方針も教授の方針も立つものでないが、専門的にそれを調べるには、その道の人が幾何《いくら》もある。私は別に纏《まと》まった考《かんがえ》がある訳ではないが、気附いた事だけを極《ご》くざっと話して、一般の教育者と学生の参考にしようと思う。――私の思う所に由《よ》ると、英語の力の衰えた一原因は、日本の教育が正当な順序で発達した結果で、一方から云うと当然の事である。何故かと云うに吾々の学問をした時代は、すべての普通学は皆英語で遣らせられ、地理、歴史、数学、動植物、その他如何《いか》なる学科も皆外国語の教科書で学んだが、吾々より少し以前の人に成ると、答案まで英語で書いたものが多い。吾々の時代に成っても、日本人の教師が英語で数学を教えた例がある。かかる時代には伊達《だて》に――金時計をぶら下げたり、洋服を着たり、髯《ひげ》を生《はや》したりするように――英語を使うて、日本語を用うる場合にも、英語を用ゆると云うのが一種の流行でもあったが、同時に日本の教育を日本語でやるだけの余裕と設備とが整わなかったからでも有る。従って、単に英語を何時間習《おそ》わると云うよりも、英語ですべての学問を習うと云った方が事実に近い位であった。即《すなわ》ち英語の時間以外に、大きな意味においての英語の時間が非常に沢山あったから、読み、書き、話す力が比較的に自然と出来ねばならぬ訳である。

語学の力の衰えた原因

ところが「日本」と云う頭を持って、独立した国家という点から考えると、かかる教育は一種の屈辱で、恰度《ちょうど》、英語の属国印度《インド》と云ったような感じが起る。日本の Nationality は誰が見ても大切である。英語の知識位と交換の出来る筈《はず》のものではない。従って国家生存の基礎が堅固になるに伴《つ》れて、以上の様な教育は自然勢を失うべきが至当で、また事実として漸々その地歩を奪われたのである。実際あらゆる学問を英語の教科書でやるのは、日本では学問をした人がないから已《や》むを得ないと云う事に帰着する。学問は普遍的なものだから、日本に学者さえあれば、必ずしも外国製の書物を用いないでも、日本人の頭と日本の言語で教えられぬと云う筈はない。また学問普及という点から考えると、(或《あ》る局部は英語で教授しても可《よ》いが) 矢張《やは》り生れてから使い慣れている日本語を用いるに越した事はない。たとい翻訳でも西洋語そのままよりは可《よ》いに極《きま》っている。

これが自然の大勢であるが、余の見る所では過去の日本において、最《もっ》とも著《いちじ》るしく人工的に英語の力を衰えしめた原因がある。それは確か故井上毅氏*が文相時代の事であったと思うが、英語の教授以外には、出来るだけ日本語を用いて、日本のLanguage《ランゲェージ》に重きを措《お》かしむると同時に、国語漢文を復興せしめた事がある。故井上氏は教育の大勢より見た前述の意味で、教授上の用語の刷新を図ったものか、或《あるい》はただ「日本」に対する一種の愛国心から遣ったものか、その辺は何《いず》れとも分らないけれども、要するにこの人為的に外国語を抑圧したことが、現今の語学の力の減退に与《あず》かって力ある事は、余の親しく目睹《もくと》した所である。

*故井上毅氏が文相時代　井上毅（一八四三年〜一八九五年）が第二次伊藤内閣で文部大臣を務めたのは、一八九三年（明治26）三月から翌年八月までの約一年半のこと。

改良の功果如何

以上の理由と事実で、学生の語学の力が前より衰えて来たのは誠に正当な現象で、毫も不思議がる訳はないのであるし、また同時にそれは日本の教育の進んだ証拠でもある。従って最初当局者がこう云う教育方法を採る時には、既に将来語学の力の衰えることを予想すべきが当然である。然《しか》るに井上氏死後何年か後の今日に到って、その結果が漸《ようや》く現われて、誰も彼も語学の出来ぬことを自覚し始めると、今更のように苦情が出て、色々な心配をする、色々な調査をする。或《あるい》は教え方が悪いのだとか、或は時間が足らぬのだとか云い出すのは可笑《おか》しな事である。要するに語学力の衰えた真因は、日本国体の発展と、前述の教育方法の変化に在るのだから、何らの犠牲も払わずに、日本が日本的の教育を施す方法の案出されない以上は、今更英語の力が足りないと云って騒ぐ訳には行かない。けれどもこの結果は、必然にもせよ、当然にもせよ、良くないと云うことが事実で、良くない為めに教育上の或る方面では、非常な苦痛を感ずる以上は、出来る程度で是非《ぜひ》共《とも》何らかの改良をしなければならぬ。改良すれば無理が出来る。無理をしなければ改良は出来ぬ。双方《どっち》も良いと云うことはない。私は昨今、中学教育が如何なる程度まで改良せられ、また如何なる方法で施されて居るかは知らぬが、要するに何《ど》う奮発しても、非常な無理をしなければ、英語教授の上に目醒《めざま》しい効果のありよう筈はないと思う。

改良の三要点

暫《しば》らく立ち入ってもう少し具体的に、何故に改良の功果がないかと考うるに、つまり普通教育などで、こう云う風の改良をするには時間、教授法、教師の三つ以外には改良すべき方法がないからである。ところが幾何喧《いくらやか》ましく時間の改良と云った処で、本末を転倒して外国語に多数の時間を与うることが出来ぬのみならず、普通教育の程度以上では、第二外国語をやる必要があるから、とても時間の繰合《くりあわせ》が附かない。また教授法は随分肝腎なものであるが、いくら細目が立派に出来ていた所で、教授法自身が活動してくれる訳でないから、よくそれを体得した教師が、十分の活用をしてくれなければ功果が揚がるものではない。教授法とは畢竟《つまり》、適当な教師が周囲の事情を見計らって、これが最良《ベスト》だと思って実行しつつある教授を概括して、条項に書き並べたものに過ぎない。故に適当な教師が居なければ、如何に条項が完備していても、到底その運用が出来るものでない。同時に適当な教師さえあれば、教授法などが制定せられなくても、その行う所が自然教授法の規定した細目に合う訳である。それ故大家が教授法をこしらえて、ひろく一般の教師に遣らそうとしても、空《あだ》な望に帰して了《しま》いはせぬか。最後に教師の事を考えて見ると、今の中学の英語教師の大半は、大方故井上氏の方針で頓挫を来した語学教育の中に育って来た人々である。語学と云えば簡単であるけれど、区分すれば話すこと、書くこと、読むこと、訳することなど色々あるが、それらの各方面に渡って一通り力のある人でなければ、すべてのことが一通り出来る生徒を養成することが出来ない。もし教師が或る点は非常によく出来ても、或る点は全く出来ないと云う風に、その力が偏寄《かたよ》っているならば、その生徒は矢張《やは》り偏寄ったものと成る訳だ。現今の教師中には英語を日本語に訳することの巧い人が多い――今日の日本では、こう云う人が一番必要かも知れないが――同時に生徒も比較的に英語の意味を取ることが上手である。併《しか》しこれで満足する訳には行かぬ。何も彼も一通は出来なければならぬとしたならば、そんな教師は果して幾人あるだろうか、甚《はなは》だ覚束《おぼつか》ない次第である。

教師の養成

こう三つ共駄目だとすれば、いくら藻掻《もが》いたとて功果の揚る筈がない。然《しか》るにそこに一つの道がある、それは新たに教師を作ることである。私はかつて大学と*第一高等学校に関係を有《も》っている時に次のような事を考えた。――文科大学は素《も》と学者を作る所であるが、現在の状況から云えば、その卒業生は大方教師に成る。殊《こと》に外国文学を修める者は教師になるのが多いようである。学者であるべきものが、教師が出来ぬという事はないが、教師として不適当でも学者にはなれるのだから、事実を云うと*純文学科にあっては、事実上、大学は、学者よりも教師――もっと切実に云えば不適当な教師を作っているのである。従って国家は*Distribution《ディストリビューション》から、非常な損害をして居る。この損害を免れる為めに、私は適当な教師を作る案を立てた。即ち英文科に入るものを今の様に、各高等学校に存在

第一高等学校　東京大学予備門（二五頁脚注参照）を起源とする旧制の官立高等学校。一九四九年（昭和24）、新制東京大学教養学部に統合。

純文学科　「純正文学」（八二頁脚注参照）を専門とする学科。英文学科、独文学科等。

Distribution　配分・割り当て。この場合は教師を普及させる段階からの意。

せしめずに悉《ことごと》くこれを第一高等学校に集めて、一組として在学中は他と混同せしめず、一年から三年まで特別の教育をする。即ち三年間特に英語に重きを措いた一種の教育を施して、然《しか》る後にこれを大学に送ることにする。無論その卒業生は、学者に成るも教師に成るも、当人の勝手次第であるが、かくすれば万遍なく語学の力を有った人が得られるに相違ない。余はこれを大学から適当な語学教師（英語）を出す唯一の方法と信じた。今でもそう信じている。大学に入ってからの課目や教授法も、現在とは変える必要もあろうが、それは第二の事で、肝心の根本は何《どう》してもこうして養成しなければ不可《いけな》いと思う。英文科の志望者を第一高等学校に集めるという事は、特別の教授をやる上において必要なのみならずその道に適当な教師を得て、その下に学ばしむる方針から云ってもこうした方が可《よ》いのである。

教師の試験

今一つは従来の教師を如何にして改良するかという事である。事実行われ難いことであるかも知れぬが、私は全国の中学の英語教師の試験を時々文部省でしてやったから好《よ》かろうと思う。教師の精勤その他は校長にも分るが、教師達が平生どれだけ自己の修養に努めているかは、こんな方法でも講じなければ分り様がない。無論その試験は随意で可《よ》い、申し出るものだけに施してもよい、兎《と》に角《かく》二年に一度位ずつ成績を取って置いて、これを校長の報告と比較し、色々考え合わして昇級増俸の道を講じてやる。そうしなければ中学の教師をして、勉強しようなどという気は、丸でなくならして仕舞う。生徒も不幸である、本人も気の毒である。もっともこれだけの仕事をする為には、文部省にエキザミナア*を沢山傭《やと》わねばならない。従って不経済ではあるが、この試験官は平生他の方面に利用することが出来るから決して損には成らない。即ち試験をしない時の彼らは、始終中学の英語教師と気脈を通じて、修養上その忠告者となるのである。たとえば語学に関した新著新刊の様なものは、月二三回ずつ印刷して各中学へ送ってやる、時間が許すならその内容やら体裁やらを報知してやる。また教師の方でも教授上不審の事や、同僚間で疑義の決せぬ折は、書翰で試験官に問合せる。すると試験官の方でも、一々丁寧にその返事を出すという風に、万事教師の便宜を計ってやる。こうすれば一方では奨励に成り、一方では改良になって、教師も当局者も共に便宜を得る事だろうと思う。

教科書の問題

教科書は大《おお》いに考うべき問題である。今の中学生は色々な書物を読んで、知らな

＊エキザミナア　試験官(examiner)。

いでも可《よ》いような字を覚える代り、必要な字を覚えていない。誠に馬鹿馬鹿しい話である。普通英吉利《イギリス》人はどれ程の単語を知っているかと云うに、極めて僅少のものである。日本の中学生は彼らの知らぬ字を却《かえ》って知っている。必竟教科書がよく整理されていないからである。そこで文部省では*中学の英語教科書を作る必要がある。その教科書は一年から五年に通じて、普通の英国人が分る文字と事項とを、万遍なく割り振って排列する様にする。即ち彼らの一般に知っている文字と事柄には、五年中何処《どこ》かで出逢うが、その代り六《むず》かしい*ジョンソンの『ラセラス』に出て来る様な字は全く省いて生徒に無用な脳力を費やさせない様にしてやる。そう云う教科書を作るには、何《ど》うしたら好《よ》いかと云うに、私は外国の新聞を基礎にするのが一番好いように思う。*『ロンドン、タイムス』でも*『デイレー、メール』でも、一月一日から十二月三十一日まで通読すれば、如何なる文字と如何なる事柄が如何に多く繰り返されて社会に起るかが好く分る。それで大体の統計を取れば、どの字と、どの事柄と、どの句が比較的一番必要であるかが分る。分った処を組織立てて教科書に編入する。中には三百六十五日の中、何百遍となく繰返されるものもあるに相違ないから、そんなものには重きを措いて、教科書中にも幾度も繰返して置くと同時に、年に一遍とか、半年に一度位しか見当らないものは、全く省くことにする。そうすると二三年立つうちには可成《かなり》経済的に英語を短かい時間内で教える事の出来る教科書が、科学的な、秩序立った系統の下に編成され

中学の英語教科書　当時小学校の教科書は国定であったが、中学校は検定教科書を用いており、文部省では編纂していなかった。国定化は一九四四年（昭和19）から。

ジョンソンの『ラセラス』　イギリスの文学者ジョンソン（一七〇九年～八四年）が一七五九年に発表した小説“Rasselas, Prince of Abyssinia”のこと。

『ロンドン、タイムス』　イギリスの保守系高級紙。世界最古の日刊新聞で、創刊は一七八五年。タイムズ。

『デイレー、メール』　一八九六年に創刊されたイギリスでもっとも古いタブロイド紙。デイリー・メール。

る訳である。こうして拵《こし》らえた教科書をそのままに放り出して置かずに、なお外国新聞を基礎として、時勢の変化に伴って起る言語文字の推移に注意して、十年に一度位宛《ずつ》改版するつもりで、永久事業としたら生徒は大変な利益を得ることであろう。無論この事業は前に云った試験官の平生の仕事の一とするのである。顧問として適当な西洋人を傭うのも一法である。

時間の利用

かくして教師が出来、教科書が出来れば、この度は時間の問題であるが、時間は出来るだけやる。即ち時間の許す限り遣る。細かい教授法、例えば文法何時間、会話何時間と云うようなことは、詳しく論ずれば意見もないではないが、かかる事は臨機応変にやれば可《よ》い。ただ目下の如く、各々を独立せる科目の如くに取扱うのは可くない。有機的統一のある言語を、種々の科目に分けて教えるのは、丁度《ちょうど》区劃しがたき迄《まで》一気に活躍せる肉体を切り離して、神経の専門家、胃腸の専門家、呼吸器の専門家を作るようなもので、研究の為めには可いが大体の知識のない生徒から云うと、会話とか、文法とか、訳読とか云う風に、教師が専門的に分れて截然区別のある様に取り扱って居るのは可くない。どうしても各自《めいめい》が互に連絡のつくように教え込んで行かなければならぬ。吾々日本人は御覧の通り自由自在に日本語を操《あやつ》るが、生れてから今日迄にかつて文法を習ったことはない。文法を習わないでも差支《さしつかえ》なく日本語は話せるのである。英語もその通りで、吾々が子供の時から絶えず日本語を使って、自然とその文法に通ずるように、日々反覆して練習すればそれで沢山なのである。然《しか》し一週間に何時間と時間を限られては、日本に生れたる人でも、かく日本語に上達する訳には行かぬから、今の中学でただ練習の結果自然と英語を学ぶのは困難である。已《やむ》を得ず先《ま》ず規則を知ってそれを骨とし、それに肉を着せて互の意志の疎通するように話し書く外《ほか》はない。（少時間の練習では、とてもべちゃべちゃ喋《しゃべ》り散らす域に進むことは出来ないから。）然《しか》し根本的に云うと文法は何時迄《いつまで》経っても恰度《ちょうど》幾何の Theorem《セオレム》＊ のようなものの訳読はその活用問題のようなものであるから、文法を離れて訳はなく、訳を離れて文法はないものと合点しなければならない、高等学校へ入って来る中学卒業生などを見ると、shall《シャル》, will《ウィル》 のことなどは喧《やかま》しく云うが、実際訳読をさせると妙な誤りをやる。彼らの頭の中には両者は全く独立して居る如く私には見える事があった。これは大弊害である。文法と訳読は単に例として引いた迄《まで》だが、その他の科目、作文、会話、読方、皆同じ事である。有機的統一と云う事を考えて、互に融通の利くような親切な教え方をしなければなるまい。その為には一つの組を一人で持って、すべての時間を可い加減に使いこなす方が便利に成って来る。そうすれば時間も経済に成って、功果も大《おおい》に揚ることであろう。しかしこれはほ

＊Theorem　定理。

んの余談である。要するに目下の必要は教科書編成と教員の養成及び改良である。それについて今まで述べた以外に、言うべきことも沢山あるが、ここでは言わぬことにする。――話が教える側ばかりに成って、つい教わる生徒の方に及ばなかったのは遺憾であるが、余り長くなるからこれで止める。（談話）

解説

漱石の教育論としては若き日に記した「中学改良策」（一八九二年）に次いでまとまった内容のもので、談話のせいか前者に比べるとやや精密さに欠けるところもあるが、語学力を向上させるためのユニークな提案がいくつもなされていて肩肘張らない読み物になっている。

そもそも日露戦争に勝利して自国を誇る思いがより高まっていたこの明治四十年代に、英語力の低下がこれほど広く社会問題になっていたということ自体面白いのではないかと思うが、漱石はその遠因が自らも体験した井上毅の文相時代の政策にあるとしつつも、結局それは時代の必然で仕方がないとする。そして、強いてその対策を立てるとすれば、時間と教授法と教師の三つを改めるほかにないが、前の二つの対策にはもはやさほどの期待は持てないから、問題は教師と教科書だとして、学校や職場での教員養成のあり方や、理想的な教科書の作り方等を提示する。現在から見ると、エリート教育や二年に一度教員に課す学力チェックなど、やや非現実的と思われる提案も含まれていないわけではないが、統計を使った英語教科書の作成法等、時代に先んじたアイディアも盛り込まれていて、なかなか興味深い。

現代読書法

＊初出　月刊誌『成功』十巻一号（秋季臨時増刊号）、一九〇六年（明治39）九月十日。

多読せよ

英語を修むる青年は或《あ》る程度まで修めたら辞書を引かないで無茶苦茶に英書を沢山《たん》と読むがよい、少し解らない節があってそこは飛ばして読んで往《い》ってもドシドシと読書して往くと終には解かるようになる、また前後の関係でも了解せられる、それでも解らないのは滅多に出ない文字である、要するに英語を学ぶものは日本人がちょうど国語を学ぶような状態に自然的習慣によってやるがよい、即ち幾遍となく繰返えし繰返えしするがよい、チト極端な話のようだがこれも自然の方法であるから手当り次第読んで往くがよかろう、彼の難句集*なども読んで器械的に暗誦するのは拙《まず》い、殊《こと》に彼の様なものの中から試験問題等出すというのはいよいよつまらない話である、何故ならば難句集などでは一般の学力を鑑定する事は出来ない、学生の綱渡が出来るか否やを視る位のもので、学生も要するにきわどい綱渡は出来ても地面の上が歩けなくては仕方のない話ではないか、難句集と

＊難句集　難しい語句を中心に編まれた英単語集。

いうものは一方に偏して云わば軽業の稽古である、試験官などが時間の節約上且《かつ》は気の利いたものを出したいと云うのであんな者を出すのは、動《やや》もすると弊害を起すのであるからかような者のみ出すのは宜《よろ》しくない。

音読と黙読

英語の発音をなだらかにする場合には稽古として音読することもあろう、また謡うべき性質の詩などは声を出すのもよかろうが、思考を凝らして読むべき書籍をベラベラと読んでは読者自身に解らないのみならず、あたりのものの迷惑な話ではないか。

嗜好書籍

嗜好書籍*を一々挙げろと云ったところで、今日の如く多忙の世の中に愛読書と云って朝夕くりかえして読んで坐右を離さないというような事は閑暇《ひま》な人には出来るかも知れないが我々のようなものには二回も三回も繰返えし仕たいものがあっても忙しいので出来ない訳である、また二遍も三遍も繰返えして見るべき書物もまた尠《すく》ないのである。（文責在記者）

嗜好書籍　好きな本。

解説

「吾輩は猫である」で世に出た翌年（一九〇六年）の談話。当時の漱石の正式な身分は東京帝国大学講師。この談話が発表された『成功』はとくに日露戦後、立身出世を目指す青年たちに人気を博した雑誌で、表題の「現代読書法」は掲載号（秋季臨時増刊号）の特集名でもあった。ここに掲げられているのは漱石のほか、大隈重信（政治家・二〇四頁脚注参照）や安部磯雄（社会運動家）ら計四十一名の読書に関する談話だが、英語の上達法が問われているところを見ると、漱石はまだ完全な作家というより小説も書く著名な英文学者であったのかもしれない。

「英語を修むる青年はある程度まで修めたら辞書を引かないで無茶苦茶に英語を沢山読むがよい」というのは漱石が繰り返し語っている、いわば持論。むやみに難語句を覚えてもたいして意味はないというのも同じ。続く「音読と黙読」と「嗜好書籍」は何とも投げ遣りでサービス精神に欠けるといわざるをえないが、ただ、重要な内容は黙読すべきというのはそのとおりだし、昨今再読に耐えうる書物が少ないという回答には、作家たらんとする自負も多少窺えるのではないか。

漱石が作った試験問題

漱石の高弟である小宮豊隆が東北大学に勤務していた関係で、漱石の蔵書や関係資料が漱石文庫として東北大学の附属図書館に収蔵されていることは広く知られているが、その中に漱石が作成したかなりの数の試験問題およびその草稿が含まれている。それらの一部はウェブサイトでも公開されているので、興味があってなおかつ語学に自信のある方は、ぜひ目を通してみてほしいが、まさしく英語教師・漱石を知る格好の資料の一つといっていい。

次に示すのも、そんな試験問題の一つだが、これは東北大学ではなく、漱石がおよそ四年間教鞭を執った旧制五高の後身である熊本大学所蔵のもの。すでにロンドン留学が決まっていた一九〇〇年（明治33）六月二十七日の日付が記されているので、彼が熊本で高等学校の生徒向けに作成した最後の試験問題ということになるが、全六問より成り、問1・問2が語句の意味を答える問題で、問3以降が英文解釈。(a) mastication（咀嚼）から始まる問1の単語問題を見ただけでも、当時の高校生のレベルの高さが窺えるのではないかと思うが、興味深いのは問6。解釈内容そのものが「愛と友情」の大切さを説いており、漱石が熊本を去るにあたって学生たちに宛てた最後のメッセージであるかのようなのである。

ちなみに、次頁の手書きの試験問題、皆さんに読めるだろうか？　当時の試験の仕方など気になることは多いが、ともかく、皆さんもぜひ挑戦してみてほしい。多少は夏目先生の生徒になったような気分になれるのではないだろうか。

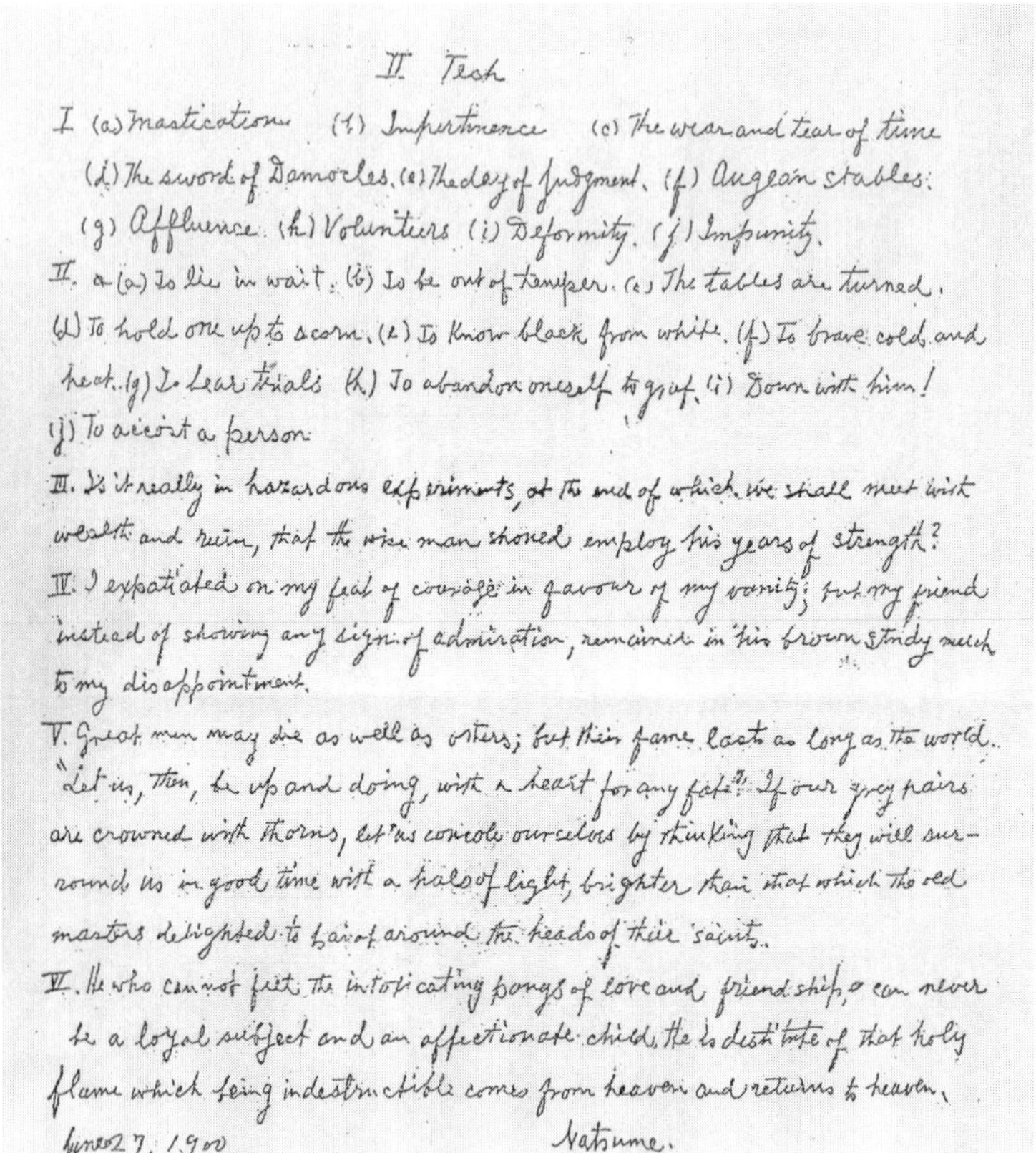

II Test

I (a) Mastication (b) Impertinence (c) The wear and tear of time
(d) The sword of Damocles. (e) The day of Judgment. (f) Augean stables.
(g) Affluence (h) Volunteers (i) Deformity. (j) Impunity.

II. (a) To lie in wait. (b) To be out of temper. (c) The tables are turned.
(d) To hold one up to scorn. (e) To know black from white. (f) To brave cold and heat. (g) To bear trials (h) To abandon oneself to grief. (i) Down with him!
(j) To accost a person.

III. Is it really in hazardous experiments, at the end of which we shall meet with wealth and ruin, that the wise man should employ his years of strength?

IV. I expatiated on my feat of courage in favour of my vanity; but my friend instead of showing any sign of admiration, remained in his brown study much to my disappointment.

V. Great men may die as well as others; but their fame lasts as long as the world. "Let us, then, be up and doing, with a heart for any fate." If our grey hairs are crowned with thorns, let us console ourselves by thinking that they will surround us in good time with a halo of light, brighter than that which the old masters delighted to paint around the heads of their saints.

VI. He who cannot feel the intoxicating pangs of love and friendship, can never be a loyal subject and an affectionate child, he is destitute of that holy flame which being indestructible comes from heaven and returns to heaven.

June 27, 1900 Natsume.

夏目金之助教授出題英語問題

（1900 年 6 月 27 日実施。熊本大学五高記念館所蔵）

II Tech（注1）

I. (a) Mastication (b) Impertinence (c) The wear and tear of time
(d) The sword of Damocles (e) The day of Judgment (f) Augean Stables
(g) Affluence (h) Volunteers (i) Deformity (j) Impunity

II. (a) To lie in wait (b) To be out of temper (c) The tables are turned.
(d) To hold one up to scorn (e) To know black from white (f) To brave cold and heat (g) To bear trials (h) To abandon oneself to grief (i) Down with him!
(j) To accost a person

III. Is it really in hazardous experiments, at the end of which we shall meet with wealth and ruin, that the wise man should employ his years of strength?（注2）

IV. I expatiated on my feat of courage in favour of my vanity; but my friend instead of showing any sign of admiration, remained in his brown study much to my disappointment.

V. Great men may die as well as others; but their fame lasts as long as the world. "Let us, then, be up and doing, with a heart for any fate."（注3）If our grey hairs are crowned with thorns, let us console ourselves by thinking that they will surround us in good time with a halo of light, brighter than that which the old masters delighted to paint around the heads of the saints.

VI. He who cannot feel the intoxicating pangs of love and friendship, can never be a loyal subject and an affectionate child. He is destitute of that holy flame which being indestructible comes from heaven and returns to heaven.

June 27, 1900 Natsume.

夏目金之助教授出題英語問題（128頁）の翻刻（編者校訂）

（注1） 第二部理科というクラス名。
（注2） 問3は、フランスの小説家エミール・スーヴェストル（Émile Souvestre）の *An Attic Philosopher in Paris*（1850年刊 *Un philosophe sous les toits* の英訳）より。英訳原典によると、Is it really in hazardous experiments, at the end of which we shall meet with wealth or ruin, that the wise man should employ his years of strength and freedom?（下線部は異同箇所）。
（注3） 問5中の "Let us, then, be up and doing, with a heart for any fate" は、ワーズワースの *A Psalm of Life*（人生讃歌）からの引用。

Ⅲ

教育と文学と人生と

教育と文芸

私は思いがけなく前から当地*の教育会の御招待を受けました。およそ一ヶ月前に御通知がありましたが、私は、その時になって見なければ、出られるか出られぬか分らぬ為めに、直《すぐ》にお答《こたえ》をすることが出来ませんでした、しかし、御懇切《ごこんせつ》の御招待ですから義理にもと思いまして体だけ出懸《か》けて参りました。別に面白いお話も出来ません、前《ぜん》申した通り体だけ義理にもと出かけたわけであります。

私のやる演題はこういう教育会の会場での経験がないのでこまりました、が、名が教育会であるし、引受る私は文学に関係あるものであるから、教育と文芸と云う事にするが能《よ》いと思いまして、こう云う題にしました。この教育と文芸と云うのは、諸君が主であるからまげて教育をさきとしたのであります。

よく誤解される事がありますので、そんな事があっては済みませんから、一寸《ちょっと》注意を申述《もうしの》べて置きます。教育と云えばおもに学校教育である様に思われますが、今私の教育というのは社会教育及《および》家庭教育までも含んだものであります。

また私のここにいわゆる文芸は文学である、日本における文学といえば先《まず》小説

＊一九一一年（明治44）六月十八日、信濃教育会の第二十六回総集会に招待され、長野県会議事院で行われた講演。初出は同会の機関誌『信濃教育』第二九七号、一九一一年（明治44）七月一日。

当地の教育会　一八八六年（明治19）に創立され、今日まで続いている信濃教育会のこと。

戯曲であると思います。順序は矛盾しましたが、広義の教育、殊《こと》に、徳育*とそれから文学の方面殊に、小説戯曲との関係連絡の状態についてお話致します。日本における教育を昔と今とに区別して相比較するに、昔の教育は、一種の理想を立て、その理想を是非実現し様とする教育である。而《しこう》して、その理想なるものが、忠とか孝とか云う、一種抽象した概念を直《ただ》ちに実際として、即《すなわ》ち、この世に有り得るものとして、それを理想とさせた、即ち孔子を本家として、全然その通りにならなくとも兎《と》に角《かく》それを目あてとして行くのであります。

なお委《くわ》しく云いますと聖人と云えば、孔子、仏と云えば、釈迦《しゃか》、節婦《せっぷ》貞女忠臣孝子は、一種の理想の固まりで、世の中に有り得ない程の、理想を以《もっ》て進まねばならなかった。親が、子供の云う事を聞かぬ時は、二十四孝《にじゅうしこう》*を引き出して子供を戒めると、子供は閉口すると云う様な風であります。それで昔は上の方には束縛がなくて、上の下に対する束縛がある、これは能《よ》くない、親が子に対する理想はあるが子が親に対する理想はなかった。妻が夫に臣が君に対する理想はなかったのです。即ち忠臣貞女とか云うが如きものを完全なものとして孝子は親の事、忠臣は君の事、貞女は夫の事を許《ばか》り考えていた、誠にえらいものである、その原因は科学的精神が乏しかった為めで、その理想を批評せず吟味せずにこれを行《おこな》って行《い》ったと云うのである。また昔は階級制度が厳しい為に過去の英雄豪傑は非常にえらい人の様に見えて、自分より上の人は非常にえらく且《か》つ古人が世の中に存在

徳育　道徳心を育て、人格・情操を高めるための教育。

二十四孝　中国で古今の孝子二十四人を選定し、児童への教訓とした書物。元の郭居敬の原作とされ、日本でも和訳本等で広く喧伝された。

し得るという信仰があった為め、また、一《ひとつ》は所が隔たっていて目《ま》のあたり見られぬ為めに遠隔の地の人のことは非常に誇大して考えられたものである、今は交通が便利である為めにそんな事がない、私などもあまり飛び出さないと大家《たいか》と見られるであろう。

さて当時は理想を目前に置き、自分の理想を実現しようと一種の感激を前に置いてやるから、一種の感激教育となりまして、知の方は主でなく、インスピレーションとも云う様な情緒の教育でありました。なんでも出来ると思う、*精神一到何事不成《なにごとかならざらん》と云う様な事を事実と思って居る、*意気天を衝《つ》く。*怒髪《どはつ》天をつく。*炳《へい》として、日月《じつげつ》云々と云う如き、こう云う詞《ことば》を古人は盛《さかん》に用いた、感激的というのはこんな有様で情緒的教育でありましたから一般の人の生活状態も、エモーショナルで努力主義でありました。そういう教育を受ける者は、前の様な有様でありますが社会は如何《どう》かと云うと、非常に厳格で少しのあやまちも許さぬと云う様になり、少しく申訳がなければ坊主となり切腹すると云う感激主義であった、即ち社会の本能からそう云うことになったもので、大体よりこれが日本の主眼とする所でありました、それが明治になって非常に異ってきました。

四十余年間の歴史を見ると、昔は理想から出立《しゅったつ》した教育が、今は事実から出発する教育に変化しつつあるのであります、事実から出発する方は、理想はあるけれども実行は出来ぬ、概念的の精神に依って人は成立する者でない、人間は表裏

精神一到何事不成　心を集中して取り組めば不可能なことはない、の意。『朱子語類』八より。

意気天を衝く　意気込みがすごくて盛んなこと。意気衝天に同じ。

怒髪天をつく　髪が逆立って天を衝き上げるほどの怒りのこと。

炳として、日月云々　聖人や天子の威徳が明らかであることの比喩。「炳」は明らか。

のあるものであるとして、社会も己も教育するのであります。昔は公でも私でも何でも皆孝で押し通したものであるが今は一面に孝があれば他面に不孝があるものとしてやって行く。即ち昔は一元的、今は二元的である、すべて孝で貫き忠で貫く事はできぬ、これは想像の結果である。昔の感激主義に対して今の教育はそれを失わする教育である、西洋では迷《まよい》より覚めると云う、日本では意味が違うが、まあディスイリュージョン、さめる、と云うのであります、なぜ昔はそんな風であったか、話は余談に入るが、*独逸《ドイツ》の哲学者が概念を作って定義を作ったのであります。しかし巡査の概念として白い服を着てサーベルをさして居るときめると一面には巡査が和服で*兵児帯《へこおび》のこともあるから概念できめてしまうと窮屈になる、定義できめてしまっては世の中の事がわからなくなると*仏国の学者はいうて居る。

物は常に変化して行く、世の中の事は常に変化する、それで孔子と云う概念をきめてこれを理想としてやって来たものが後にこれが間違《まちがい》であったということを悟るという様な場合も出来て来る、こう云う変化はなぜ起ったか、これは物理化学博物などの科学が進歩して物をよく見て、研究して見る、こういう科学的精神を、社会にも応用して来る。また階級もなくなる交通も便利になる、こういう色々な事情からついに今日の如き思想に変化して来たのであります。

道徳上の事で、古人の少しもゆるさなかったことを、今の人はよほど許容する、我儘《わがまま》をも許す、社会がゆるやかになる、畢竟《ひっきょう》道徳的価値の変化と云う事が出来

独逸の哲学者　カント（一七二四年〜一八〇四年）を指していると思われる。漱石は総じて当時のドイツ哲学の観念性には批判的であった。

兵児帯　男子や子供用のしごき帯。薩摩の兵児（若者）が用いたことから。

仏国の学者　ベルグソン（一八五九年〜一九四一年）を指していると思われる。漱石はベルグソンには共感を示していた。

て来た。即ち自分と云うものを発揮してそれで短所欠点悉《ことごと》くあらわす事をなんとも思わない。そして無理の事がなくなる、昔は負惜《まけおしみ》をしたものだ、残酷な事も忍んだものだ、今はそれが段々なくなって、自分の弱点をそれ程恐れずに世の中に出す事を何とも思わない、それで古《いにしえ》の人の弊《へい》はどんな事かと云うと、多少偽《いつわり》の点がありました、今の人は正直で自分を偽らずに現わす、こういう風で寛容的精神が発達して来た、而《しこう》して社会もまたこれを容《い》れて来たのであります、昔は一遍《いっぺん》社会から葬られた者は、容易に恢復する事が出来なかったが、今日では人の噂も七十五日と云う如く寛大となったのであります。社会の制裁が弛《ゆる》んだと云うかも知れませんが一方から云いましたならば、事実にそう云う欠点の有り得る事を二元的に認めて、これに寛容的の態度を示したのであります。畢竟無理が無くなり、概念の束縛が無くなり、事実が現れたので有ります。昔スパルタの教育*に、狐を隠してその狐が自分の腸《はらわた》をえぐり出しても、なお黙って居たと云うことがあるが今はそう云う痩我慢《やせがまん》はなくなったのである、現今の教育の結果は自分の特点をも露骨に正直に人の前に現わす事を非常なる恥辱とはしないのでありま す、これは事実と云う第一の物が一元的でないと云う事を予《あらかじ》め許すからである、私の家へよく若い者が訪ねて参りますがその学生が帰って手紙を寄こす、その中にあなたの家を訪ねた時に思いきって這入《はい》ろうかイヤ這入るまいかと暫《しばら》く躊躇した、成《な》る可《べ》くならお留守であればよい更に逢わぬと云ってくれれば可《よ》いと思った

昔スパルタの教育に 『プルターク英雄伝』「リュクールゴス」十八中にある狐を盗んだ子どもの話。

と云う様な露骨な事が書いてある、昔私らの書生の頃には、人を訪問して居なければ可いがと思うてもそう云う事をその人の前に告白する様な正直な実際的な事はしなかったものである、痩我慢をして実は堂々たるものの如く装って人の前にもこれを吹聴したのである、感激的教育概念に囚《とらわ》れたる薫化《くんか》がこう云う不正直な痩我慢的な人間を作り出したのである。

さて一方文学を攷察《こうさつ》して見まするにこれを大別してロ＊ーマンチシズム、ナ＊チュラリズムの二種類とすることが出来る、前者は適当の訳字がない為めに私が作りて浪漫主義として置きましたが、後者のナチュラリズムは自然派と称して居ります。この両者を前に申述べた教育と対照いたしますと、ローマンチシズムと、昔の徳育即ち概念に囚れたる教育と、特徴を同うし、ナチュラリズムと現今の事実を主とする教育と、相通《かよ》うのであります。以前文芸は道徳を超絶すると云う議論があり、またこれを論じた大家もあったのでありますけれども、これは大《おおい》なる間違で、成《な》る程《ほど》道徳と文芸は接触しない点もあるけれども、大部分は相連《あいつらな》って居る、ただ僅《わず》かに倫理と芸術と両立せないで、何方《どちら》かを捨てねばならぬ場合がないではありません。例えば私がこの机を推《お》して居る、何時《いつ》しかこの机と共に落ちたとします、この落ちたと云う事実に対して、諸君は必ず笑われるに違いない。しかし倫理的に申したならば、人が落ちたと云うに笑う筈《はず》がない、気の毒だと云う同情があって然《しか》る可きである、殊《こと》に私の様な招れて来た者に対する礼儀としても笑う

ローマンチシズム　浪漫主義。十八世紀末から十九世紀にかけてヨーロッパに興った芸術思潮。理想的・神秘的な世界への憧憬を表現して個性・感情・情緒を重視した。

ナチュラリズム　自然主義。物理的自然を唯一の原理とみなし、精神現象をも含めた一切の現象・過程を、そのような自然の所産と考える立場。十九世紀後半のフランスに興った。

のは倫理的でない事は明《あきらか》である。けれども笑うと云う事と、気の毒だと思う事と、どちらか捨てねばならぬ場合に、滑稽趣味の上にこれを観賞するは、一種の芸術的の見方であります。けれども私が、脳振盪《のうしんとう》を起して倒れたとすれば、諸君の笑《わらい》は必ず倫理的の同情に変ずるに違いありますまい。こう云う風に或《ある》程度迄《まで》芸術と倫理と相離るる部分はあるけれども、最後または根底には倫理的認容がなければならぬのであります、従って小説戯曲の材料は七分まで、徳義的批判に訴えて取捨撰択せられるのであります。恋を描くにローマン主義の場合では途中で、単に顔を合せた許《ばか》りで直《す》ぐに恋情が成立ち、この為めに盲目になったり、跛足になったりして、煩悶懊悩《はんもんおうのう》すると云う様なことになる。しかしこんな事実は、実際あり得ない事である。そこが感激派の小説で、或《ある》情緒を誇大して、即ち抽象的理想を具体化した様なものを作り上げたのであります、事実からは遠いけれど感激は多いのであります。

ローマンチックの道徳は何となしに対象物をして大きく偉く感じさせる。ナチュラリズムの道徳は、自己の欠点を暴露させる正直な可愛らしい所がある。

ローマンチシズムの芸術は情緒的エモーショナルで人をして偉く大きく思わせるし、ナチュラリズムの芸術は理智的で、正直に実際を思わしめる、即ち文学上から見てローマンチシズムは偽《いつわり》を伝えるがまた人の精神に偉大とか崇高とかの現象を認めしめるから、人の精神を未来に結合さする、ナチュラリズムは、材料の取扱い方が正直で、また現在の事実を発揮さすることに勉《つと》むるから、人の精神を現在に結合さする、例えば人間を始めから不完全な物と見て人の欠点を評したるものである。ローマンチシズムは、己以上の偉大なるものを材料として取扱うから、感激的であるけれども、その材料が読む者聞く者には全く、没交渉で印象にヨソヨソしい所がある、これに引き換えてナチュラリズムは、如何に汚い下らないものでも、自分と云うものがその鏡に写って何だか親しくしみじみと感得せしめる。能々《よくよく》考えて見ると人と云うものは、平時においては軽微の程度におけるローマンチシズムの主張者で、或者を批評したり要求するに自己の力以上のものを以てして居る。

一体人間の心は自分以上のものを、渇仰《かつごう》する根本的の要求を持って居る、今日よりは明日に一部の望みを有するのである。自分より豪《えら》いもの自分より高いものを望む如く、現在よりも将来に光明《こうみょう》を発見せんとするものである、以上述べた如くローマンチシズムの思想即ち一の理想主義の流れは、永久に変ること無く、深く人心《じんしん》の奥底に永き生命を有して居るものであります。従ってローマン主義の文学は永久に生存の権利を有して居ります、人心のこの響きに触れて居る限り、ローマン主義の思想は永久に伝わるものであります、これに反してナチュラリズムの道徳は前述の如く、寛容的精神に富んで居る。事実を事実として在《あ》りのままを描いたものが、真のナチュラリズムの文学である、自己解剖、自己批判、の傾向が段々と人心の間に広まりつつあり、精神が極めて平民的に、換言すれば平凡的になって来たのであります。人間の人間らしい所の写実をするのが自然主義の特徴で、ローマン主義の人間以上自己以上、殆《ほと》んど望んで得べからざる程の人物理想を描いたのに対して極めて通常のものをそのまま、そのままと云う所に重きを置いて世態《せたい》をありのままに欠点も、弱点も、表裏共に、一元にあらぬ二元以上に亘《わた》って実際を描き出すのであります、従って*カーライルの英雄崇拝的傾向の欲求が永久に存在する事は前述の通りであるが今はこれに多少の変化を来たしたという訳であります。

さてかく自然主義の道徳文学の為めに、自己改良の念が浅く向上渇仰の動機が薄くなるということは必ずあるに相違ない、これは慥《たしか》に欠点であります。

従って現代の教育の傾向、文学の潮流が、自然主義的である為めにボツボツその弊害が表れて、日本の自然主義と云う言辞は甚《はなは》だしく卑《いや》しむ可きものになって来た。けれどもこれは間違である、自然主義はソンナ非倫理的なものでは無い、自然主義そのものは日本の文学の一部に表われた様なものでは無く、単に彼らはその欠点のみを示したのである、前にも言った通り如何に文学と雖《いえど》も決して倫理範囲を脱して居るものではなく、少なくも、倫理的渇仰の念を何所《いずこ》にか萌《きざ》さしめなければならぬものであります。

人間の心の底に永久に、ローマン主義の英雄崇拝的情緒的の傾向の存する限り、

カーライルの英雄崇拝的傾向　カーライルはイギリスの評論家・歴史家（一七九五年～一八八一年）で、彼は『英雄および英雄崇拝論』（一八四一年）などの中で英雄的指導者による革命や統治を論じている。

この心は永存するものであるが、それを全く無視して、人間の弱点許《ばか》りを示すのは、文学としての真価を有するものでない、片輪《かたわ》な出来損《そこな》いの芸術であります。如何に人間の弱点を書いたものでも、その弱点の全体を読む内《うち》に何処《いずこ》にかこれに対する悪感《おかん》とか、或《あるい》は別に倫理的の要求とかが読者の心に萌《も》え出《い》ずる様な文学で無ければならぬ、これが人心の自然の要求で、芸術もまたこの範囲にある、今の一部の小説が人に嫌われるは、自然主義そのものの欠点で無く取扱う同派の文学者の失敗で、畢竟過去の極端なるローマン主義の反動であります。反動は正動よりも常規を逸する。故に吾々は反動として多少この間の消息を諒《りょう》とせねばならぬ。

　さて自然主義は遠慮無く事実そのままを人の前に暴露し、または描き出す為め種々なる欠点を生ずるに至りましたが、これを救うは過去のローマン主義を復興するにあらずして、*新ローマン主義とも云うべきものを興《おこ》すにあろうかと思う。新ローマン主義と云うも、全く以前のローマン主義とは別物である。およそ歴史は繰返すものなりと云うけれども、歴史は決して繰返さぬのである、繰返すというのは間違である、如何なる場合にも跡戻りをすることなく前へ前へと走って居る。

　教育及《および》文芸とても、自然主義に弊害があるからとて、昔には戻らぬ、もし戻ってもそれは全く新なる形式内容を有するもので、浅薄なる観察者には昔時《せきじ》に戻りたる感じを起させるけれども、実はそうではないのであります、而《しこう》して自然主義に反動したものとするならば、新ローマン主義とも云うべきものは、自然主義対

新ローマン主義　以下に述べられているように、ローマン主義と自然主義とを止揚した考え方。漱石はこの言葉をさまざまなニュアンスで用いている。

ローマン主義の最後に生ずる筈である、新ローマン主義と云うとも決して、昔のローマン主義に返ったのでは無い、全く別物なのであります。

即ち新ローマン主義は、昔時のローマン主義の様に空想に近い理想を立てずに、程度の低い実際に近い達成し得らるる目的を立てて、やって行くのである。社会は常に、二元である。ローマン主義の調和は時と場所に依り、その要求に応じて二者が適宜に調諧《ちょうかい》して、甲の場合には自然主義六分ローマン主義四分と云う様に時代及び場所の要求に伴うて、両者の完全なる調和を保つ所に、新ローマン主義を認める、将来はこうなる事であろうと思う。

昔の感激的の教育と、当時の情緒的なローマン主義の文芸と今の科学上の真《しん》を重《おもん》ずる教育主義と、空想的ならざる自然主義の文芸と、相連《あいつらな》って両者の変遷及び関係が明瞭になるのであります、かくして人心に向上の念がある以上、永久にローマン主義の存続を認むると共に、すべての真に価値を発見する自然主義もまた充分なる生命を存して、この二者の調和が今後の重《おも》なる傾向となるべきものと思うのであります。

近頃教育者には文学はいらぬと云うものもあるが、自分の今迄《まで》のお話は全く教育に関係がないという事が出来ぬ、現時の教育において小学校中等学校はローマン主義で大学などに至りては、ナチュラル主義のものとなる。この二者は密接なる関係を有して、二つであるけれどもつまりは一つに重《かさ》なるものと見てよろしい

のであります、故に前申《ぜん》した通り文学と教育とは決して離れないものであるのでありあります。（文責記者にあり）

解説

一般に「修善寺の大患」と呼ばれている瀕死事件の翌年（一九一一年）、信濃教育会の第二十六回総集会に招かれ、夫婦同伴で出かけて行った長野で、千名近い教育関係者相手に行った講演の筆記録。博士号辞退問題がメディアを賑わわせていた中での登壇ということもあって、大盛況であった。

この年は、前年に『白樺』や『三田文学』といった反自然主義的な傾向の文芸誌が次々と刊行されたこともあって、数年前から全盛を誇っていた自然主義の退潮期に当たり、漱石は教育問題を、当時世間の耳目を集めていた自然主義批判など、同時代の思想的話題と絡めてきわめて明快に論じている。漱石によれば、昔の教育は理想から出発したが、今の教育は事実から出発する。これは、文学におけるローマンチシズムからナチュラリズム、すなわち自然主義への移行と呼応する変化であり、日本の自然派には確かに問題が多いが、本来の自然主義はそのような偏狭なものではないので、これからの教育はそれをも取り込んだ「新ローマン主義」でいくべきだというのである。身近な例に乏しく、一般聴衆には多少難解に思えたかもしれないが、西欧の思想動向に通じた漱石ならではの説得力を有する教育論といえよう。教育界の文学不要論に対する反論もきわめて現代的で貴重。

私の個人主義

　私は今日初めてこの学習院*というものの中に這入《はい》りました。もっとも以前から学習院は多分この見当だろう位に考えていたには相違ありませんが、判然《はっきり》とは存じませんでした。中へ這入ったのは無論今日が初めてで御座《ござ》います。

　先程岡田さん*が紹介かたがた一寸《ちょっと》御話になった通りこの春何か講演をという御注文でありましたが、その当時は何か差支《さしつかえ》があって、――岡田さんの方が当人の私よりよく御記憶と見えて貴方がたに御納得の出来るようにただいま御説明がありましたが、兎《と》に角《かく》ひとまず御断りを致さなければならん事になりました。しかしただ御断りを致すのも余り失礼と存じまして、この次には参りますからという条件を付け加えて置きました。その時念のためこの次は何時《いつ》頃になりますかと岡田さんに伺いましたら、此年《ことし》の十月だという御返事であったので、心のうちに春から十月迄の日数を大体繰《く》って見て、それだけの時間があればそのうちに何《ど》うにか出来るだろうと思ったものですから、宜《よろ》しう御座いますとはっきり御受合申したのであります。ところが幸か不幸か病気*に罹《かか》りまして、九月一杯床に就いてお

＊一九一四年（大正3）十一月二十五日、学習院の校友会「輔仁会（ほじんかい）」主催で行われた講演。初出は同会の機関誌『輔仁会雑誌』一九一五年（大正4）三月二十二日。

学習院　江戸末期、公家の子弟教育のために京都に設置され、一八七七年（明治10）に東京に移して再開された皇族・華族の子弟のための教育機関。のち宮内省直轄となり、第二次大戦後は一般開放された。

岡田さん　岡田正之（一八六四年～一九二七年）。学習院教授で、当時弁論部の部長を務めていた。

病気に罹りまして　漱石は一九一四年（大正3）九月中旬から約一カ月間、四度目の胃潰瘍のため病臥した。

りますうちに御約束の十月が参りました。十月にはもう臥《ふ》せってはおりませんでしたけれども、何しろひょろひょろするので講演は一寸六《む》ずかしかったのです。しかし御約束を忘れてはならないのですから、腹の中では、今に何か云って来《こ》られるだろう来られるだろうと思って、内々《ないない》は怖《こわ》がっていました。

そのうちひょろひょろも遂《つい》に癒《なお》ってしまったけれども、こちらからは十月末迄何の御沙汰もなく打ち過ぎました。私は無論病気の事を御通知はして置きませんでしたが、二三の新聞に一寸出たという話ですから、あるいはその辺の事情を察せられて、誰かが私の代りに講演をやって下さったのだろうと推測して安心し出しました。ところへまた岡田さんがまた突然見えたのであります。岡田さんはわざわざ長靴を穿《は》いて見えたのであります。(もっとも雨の降る日であったからでもありましょうが、)そう云った身拵《みごしら》えで、早稲田の奥迄来て下すって、例の講演は十一月の末迄繰《く》り延《の》ばす事にしたから約束通り遣《や》って貰いたいという御口上なのです。私はもう責任を逃れたように考えていたものですから実は少々驚ろきました。しかしまだ一ヶ月も余裕があるから、その間に何《ど》うかなるだろうと思って、宜しう御座いますとまた御返事を致しました。

右の次第で、この春から十月に至る迄、十月末からまた十一月二十五日に至る迄の間に、何か纏《まとま》った御話をすべき時間はいくらでも拵《こしら》えられるのですが、どうも少し気分が悪くって、そんな事を考えるのが面倒で堪《たま》らなくなりました。そこでまあ十一月二十五日が来る迄は構うまいという横着な料簡を起して、ずるずるべったりにその日その日を送っていたのです。いよいよと時日が逼《せま》った二三日前になって、何か考えなければならないという気が少ししたのですが、矢張《やは》り考えるのが不愉快なので、とうとう絵を描いて暮らして仕舞《しまい》ました。絵を描くというと何かえらいものが描けるように聞えるかも知れませんが、実は他愛もないものを描いて、それを壁に貼り付けて一人で二日も三日もぼんやり眺めているだけなのです。昨日でしたかある人が来て、この絵は大変面白い――いや面白いと云ったのではありません、面白い気分の時に描いた画らしく見えると云ってくれたのでした。それから私は愉快だから描いたのではない、不愉快だから描いたのだと云って私の心の状態をその男に説明して遣りました。世の中には愉快で凝《じっ》としていられない結果を画にしたり、書にしたり、または文にしたりする人がある通り、不愉快だから、どうかして好い心持になりたいと思って、筆を執って画なり文章なりを作る人もあります。そうして不思議にもこの二つの心的状態が結果に現われたところを見ると能《よ》く一致している場合が起るのです。しかしこれはほんの序《ついで》に申し上《あげ》る事で、話の筋に関係した問題でもありませんから深くは立ち入りません。――何しろ私はその変な画を眺めるだけで、講演の内容をちっとも組み立てずに暮らしてしまったのです。

そのうちいよいよ二十五日が来たので、否《いや》でも応でもここへ顔を出さなければ済まない事になりました。それで今朝少し考《かんがえ》を纏めて見ましたが、準備がどうも不足のようです。とても御満足の行くような御話は出来かねますから、そのつもりで御辛防《しんぼう》を願います。

この会は何時《いつ》頃から始まって今日迄続いているのか存じませんが、その都度貴方がたが他所《よそ》の人を連れて来て、講演をさせるのは、一般の慣例として毫《ごう》も不都合でないと私も認めているのですが、また一方から見ると、それほどあなた方の希望するような面白い講演は、いくら何所《どこ》から何《ど》んな人を引張って来ても容易に聞かれるものではなかろうとも思うのです。貴方がたにはただ他所《よそ》の人が珍らしく見えるのではありますまいか。

私が落語家《はなしか》から聞いた話の中《うち》にこんな諷刺的のがあります。――*昔しある御大名が二人目黒辺《へん》へ鷹狩《たかがり》に行って、所々方々を馳け廻った末、大変空腹になったが、生憎《あいにく》弁当の用意もなし、家来とも離れ離れになって口腹を充たす糧《かて》を受ける事が出来ず、仕方なしに二人はそこにある汚《きた》ない百姓家《や》へ馳け込んで、何でも好《い》いから食わせろと云ったそうです。するとその農家の爺《じい》さんと婆《ばあ》さんが気の毒がって、有合《ありあわ》せの秋刀魚《さんま》を炙《あぶ》って二人の大名に麦飯を勧めたと云います。二人はその秋刀魚を肴に非常に旨《うま》く飯《めし》を済まして、そこを立出《たちいで》たが、翌日になっても昨日の秋刀魚の香《かおり》がぷんぷん鼻を衝《つ》くといった始末で、どうしてもその味を忘れる事が出来ないのです。それで二人のうちの一人が他を招待して、秋刀魚の御馳走をする事

昔しある御大名が　以下は落語「目黒の秋刀魚」の内容の要約。

になりました。その旨《むね》を承わって驚ろいたのは家来です。しかし主命ですから反抗する訳にも行きませんので、料理人に命じて秋刀魚の細い骨を毛抜《けぬき》で一本一本抜《ぬ》かして、それを味淋《みりん》か何かに漬けたのを、ほどよく焼いて、主人と客とに勧めました。ところが食う方は腹《はら》も減っていず、また馬鹿丁寧な料理方で秋刀魚の味を失った妙な肴を箸《はし》で突っついて見たところで、ちっとも旨《うま》くないのです。そこで二人が顔を見合せて、何《ど》うも秋刀魚は目黒に限るねと云った様な変な言葉を発したと云うのが話《はなし》の落《おち》になっているのですが、私から見ると、この学習院という立派な学校で、立派な先生に始終接している諸君が、わざわざ私のようなものの講演を、春から秋の末迄待っても御聞きになろうというのは、丁度《ちょうど》*大牢の美味に飽《あ》いた結果、目黒の秋刀魚が一寸味わって見たくなったのではないかと思われるのです。

この席におられる*大森教授は私と同年かまたは前後して大学を出られた方ですが、その大森さんが、かつて私に何《ど》うも近頃の生徒は自分の講義をよく聴かないで困る、どうも真面目が足りないで不都合だというような事を云われた事があります。その評はこの学校の生徒についてではなく、何処《どこ》かの私立学校の生徒についてだったろうと記憶していますが、何しろ私はその時大森さんに対して失礼な事を云いました。ここで繰り返していうのも御恥ずかしい訳ですが、私はその時、君などの講義を有難がって聴く生徒が何処《どこ》の国にいるものかと申したのです。

大牢の美味　すばらしい御馳走の意。「大牢」が昔、中国で、天子が社稷（土地の神と五穀の神）をまつるときに供えた牛や羊などのいけにえを意味することから。
大森教授　大森金五郎（一八六七年～一九三六年）。歴史学者。学習院教授。

もっとも私の主意はその時の大森君には通じていなかったかも知れませんから、この機会を利用して、誤解を防いで置きますが、私どもの書生時代、あなたがたと同年輩、もしくはもう少し大きくなった時代、には、今の貴方がたよりよほど横着で、先生の講義などは殆《ほと》んど聴いた事がないと云っても好い位のものでした。勿論《もちろん》これは私や私の周囲のものを本位として述べるのでありますから、圏外にいたものには通用しないかも知れませんけれども、何《ど》うも今の私から振り返って見ると、そんな気が何処《どこ》かでするように思われるのです。現にこの私は上部《うわべ》だけは温順らしく見えながら、決して講義などに耳を傾ける性質ではありませんでした。始終怠けてのらくらしていました。その記憶をもって、真面目な今の生徒を見ると、何《ど》うしても大森君のように、彼らを攻撃する勇気が出て来ないのです。そう云った意味からして、つい大森さんに対して済まない乱暴を申したのであります。今日は大森君に詫《あや》まる為《ため》にわざわざ出掛けた次第ではありませんけれども、序《ついで》だからみんなのいる前で、謝罪して置くのです。

話がつい飛《と》んだところへ外《そ》れてしまいましたから、再び元へ引き返して筋の立つように云いますと、つまりこうなるのです。

貴方がたは立派な学校に入って、立派な先生から始終指導を受けていらっしゃる、またその方々《かたがた》の専門的もしくは一般的の講義を毎日聞いていらっしゃる。それだのに私見たようなものを、殊更《ことさら》に他所《よそ》から連れて来て、講演を聴こうとなされるのは、丁度先刻御話した御大名が目黒の秋刀魚を*賞翫《しょうがん》したようなもので、つまりは珍らしいから、一口食って見ようという料簡じゃないかと推察されるのです。実際をいうと、私のようなものよりも、貴方がたが毎日顔を見ていらっしゃる常雇《じょうやと》いの先生の御話の方がよほど有益でもあり、かつまた面白かろうとも思われるのです。たとい私にしたところで、もしこの学校の教授にでもなっていたならば、単に新らしい刺戟のないというだけでも、この位の人数が集って私の講演を御聴きになる熱心なり好奇心なりは起るまいと考えるのですがどんなものでしょう。

私が何故そんな仮定をするかというと、この私は現に昔しこの学習院の教師になろうとした事があるのです。もっとも*自分で運動した訳でもないのですが、この学校にいた知人が私を推薦してくれたのです。その時分の私は卒業する間際まで何をして衣食の道を講じていいか知らなかったほどの迂闊者《うかつもの》でしたが、さていよいよ世間へ出て見ると、懐手《ふところで》をして待っていたって、下宿料が入って来る訳でもないので、教育者になれるかなれないかの問題は兎に角、何処《どこ》かへ潜《もぐ》り込《こ》む必要があったので、ついこの知人のいう通りこの学校へ向けて運動を開始した次第であります。その時分私の敵が一人ありました。しかし私の知人は私に向ってしきりに大丈夫らしい事をいうので、私の方でも、もう任命されたような気分になって、先生はどんな着物を着なければならないのかなどと訊いて見たものです。

賞翫　味わい楽しむ。

自分で運動した訳でもない　これは必ずしも事実とはいえず、漱石の就職斡旋を依頼する書簡が残っている。

するとその男はモーニングでなくては教場へ出られないと云いますから、私はまだ事の極《きま》らない先に、モーニングを誂《あつ》らえてしまったのです。その癖学習院とは何処《どこ》にある学校か能《よ》く知らなかったのだから、頗《すこぶ》る変なものです。さていよいよモーニングが出来上って見ると、豈計《あにはか》らんや折角《せっかく》頼みにしていた学習院の方は落第と事が極《きま》ったのです。そうして*もう一人の男が英語教師の空位を充たす事になりました。その人は何という名でしたか今は忘れて仕舞いました。別段悔《くや》しくも何ともなかったからでしょう。何でも米国帰りの人とか聞いていました。――それで、もしその時にその米国帰りの人が採用されずに、この私がまぐれ当りに学習院の教師になって、しかも今日迄永続していたなら、こうした鄭重《ていちょう》な御招きを受けて、高い所から貴方がたに御話をする機会も遂に来なかったかも知れますまい。それをこの春から十一月迄も待って聴いて下さろうというのは、取《とり》も直さず、私が学習院の教師に落第して、貴方がたから目黒の秋刀魚のように珍らしがられている証拠ではありませんか。

　私はこれから学習院を落第してから以後の私について少々申上げようと思います。これは今迄御話をして来た順序だからという意味よりも、今日の講演に必要な部分だからと思って聴いて頂きたいのです。

　私は学習院は落第したが、モーニングだけは着ていました。それより外《ほか》に着るべき洋服は持っていなかったのだから仕方がありません。そのモーニングを着て

もう一人の男　アメリカのエール大学理学部・医学部を卒業した重見周吉（一八六五年生まれ）のこと。

何処《どこ》へ行ったと思いますか？　その時分は今と違って就職の途《みち》は大変楽でした。何方《どちら》を向いても相当の口は開いていた様に思われるのです。つまりは人が払底《ふってい》な為《ため》だったのでしょう。私のようなものでも*高等学校と、*高等師範から殆《ほと》んど同時に口が掛りました。私は高等学校へ周旋《しゅうせん》してくれた先輩に半分承諾を与えながら、高等師範の方へも好《い》い加減な挨拶をしてしまったので、事が変な具合にもつれて仕舞いました。もともと私が若いから手ぬかりやら、不行届勝《ふゆきとどきがち》で、とうとう自分に祟《たた》って来たと思えば仕方がありませんが、弱らせられた事は事実です。私は私の先輩たる高等学校の古参の教授の所へ呼びつけられて、こっちへ来るような事を云いながら、他《ほか》にも相談をされては、仲に立った私が困ると云って譴責《けんせき》されました。私は年の若い上に、馬鹿の肝癪持《かんしゃくもち》ですから、いっそ双方とも断ってしまったら好いだろうと考えて、その手続きを遣《や》り始めたのです。するとある日当時の高等学校長、今では慥《たし》か京都の理科大学長をしている*久原《くはら》さんから、一寸学校迄来てくれという通知があったので、早速出掛けて見ると、その座に高等師範の校長*嘉納治五郎さんと、それに私を周旋してくれた例の先輩がいて、相談は極《きま》った、こっちに遠慮は要《い》らないから高等師範の方へ行ったら好かろうという忠告です。私は行掛り上否《いや》だとは云えませんから承諾の旨を答えました。が腹の中では厄介な事になってしまったと思わざるを得なかったのです。というものは今考えると勿体《もったい》ない話ですが、私は高等師範などをそれほど有難く思っていなかった

高等学校　第一高等学校。一一六頁脚注参照。

高等師範　東京高等師範学校。一八七三年（明治5）に創設された日本初の教員養成機関。当初は東京師範学校といい、漱石が勤めていたころの校舎は湯島聖堂敷地内にあった。東京教育大学（現・筑波大学）の前身。

久原さん　久原躬弦（くはら・みつる。一八五五年～一九一九年）。理学博士。

嘉納治五郎　柔道家・教育家（一八六〇年～一九三八年）。長年東京高等師範学校長を務め、講道館を創設して柔道を近代スポーツとして発展させたことでも知られる。

のです。嘉納さんに始めて会った時も、そうあなたの様に教育者として学生の模範になれというような注文だと、私にはとても勤まりかねるからと逡巡《しゅんじゅん》した位でした。嘉納さんは上手な人ですから、否そう正直に断わられると、私は益《ますます》貴方に来て頂きたくなったと云って、私を離さなかったのです。こういう訳で、未熟な私は双方の学校を懸持《かけもち》しようなどという慾張根性《よくばりこんじょう》は更《さら》になかったに拘《かか》わらず、関係者に要らざる手数をかけた後、とうとう高等師範の方へ行く事になりました。

しかし教育者として偉くなり得るような資格は私に最初から欠けていたのですから、私はどうも窮屈で恐れ入りました。嘉納さんも貴方はあまり正直過ぎて困ると云った位ですから、あるいはもっと横着を極めていても宜《よ》かったのかも知れません。しかし何《ど》うあっても私には不向《ふむき》な所だとしか思われませんでした。奥底《そこ》のない打ち明けた御話をすると、当時の私はまあ肴屋が菓子屋へ手伝いに行ったようなものでした。

一年の後私はとうとう田舎の中学へ赴任しました。それは伊予《いよ》の松山*にある中学校です。貴方がたは松山の中学と聞いて御笑いになるが、大方《おおかた》私の書いた「坊ちゃん」でも御覧になったのでしょう。「坊ちゃん」の中に赤シャツという渾名《あだな》を有《も》っている人があるが、あれは一体誰の事だと私はその時分よく訊かれたものです。誰の事だって、当時その中学に文学士と云ったら私一人なのですから、もし「坊ちゃん」の中の人物を一々実在のものと認めるならば、赤シャツは即《すなわ》ちこ

松山にある中学校　現・松山東高等学校の前身である愛媛県尋常中学校のこと。漱石は一八九五年（明治28）四月から一年間、英語の嘱託教員を務めた。

ういう私の事にならなければならんので、――甚《はなは》だ有難い仕合せと申上げたいような訳になります。

松山にもたった一ヶ年しかおりませんでした。立つ時に知事が留めてくれましたが、もう先方と内約が出来ていたので、とうとう断ってそこを立ちました。そうして今度は熊本の高等学校*に腰を据えました。こういう順序で中学から高等学校、高等学校から大学と順々に私は教えて来た経験を有《も》っていますが、ただ小学校と女学校だけはまだ足を入れた試《ためし》が御座《ござ》いません。

熊本には大分長くおりました。突然文部省から英国へ留学をしては何《ど》うかという内談のあったのは、熊本へ行ってから何年目になりましょうか。私はその時留学を断わろうかと思いました。それは私のようなものが、何の目的も有《も》たずに、外国へ行ったからと云って、別に国家の為に役に立つ訳もなかろうと考えたからです。しかるに文部省の内意を取次いでくれた教頭が、それは先方の見込みなのだから、君の方で自分を評価する必要はない、兎も角も行った方が好かろうと云うので、私も絶対に反抗する理由もないから、命令通り英国へ行きました。しかし果せるかな何もする事がないのです。

それを説明するためには、それまでの私というものを一応御話ししなければならん事になります。その御話が即ち今日の講演の一部分を構成する訳なのですからそのつもりで御聞きを願います。

*熊本の高等学校　第五高等学校（九一頁脚注参照）のこと。漱石は一八九六年（明治29）四月からロンドンに留学するまでの約四年間、ここで教鞭を執った。

私は*大学で英文学という専門をやりました。その英文学というものは何《ど》んなものかと御尋ねになるかも知れませんが、それを三年専攻した私にも何が何だかまあ夢中だったのです。その頃は*ヂクソンという人が教師でした。私はその先生の前で詩を読ませられたり文章を読ませられたり、作文を作って、冠詞が落ちていると云って叱られたり、発音が間違っていると怒られたりしました。試験には*ウォーズウォースは何年に生れて何年に死んだとか、*シエクスピヤの*フォリオは幾通りあるかとか、あるいは*スコットの書いた作物を年代順に並べて見ろとかいう問題ばかり出たのです。年の若いあなた方にもほぼ想像が出来るでしょう、果してこれが英文学か何《ど》うだかという事が。英文学はしばらく措《お》いて第一文学とは何《ど》ういうものだか、これでは到底解る筈《はず》がありません。それなら自力でそれを窮《きわ》め得るかと云うと、まあ*盲目《めくら》の垣覗《かきのぞ》きといったようなもので、図書館に入って、何処をどううろついても手掛がないのです。これは自力の足りない許《ばかり》でなくその道に関した書物も乏しかったのだろうと思います。兎に角三年勉強して、遂に文学は解らずじまいだったのです。私の煩悶《はんもん》は第一ここに根ざしていたと申し上げても差支《さしつかえ》ないでしょう。

　私はそんなあやふやな態度で世の中へ出てとうとう教師になったというより教師にされて仕舞ったのです。幸に語学の方は怪しいにせよ、何《ど》うかこうか御茶を濁《にご》して行かれるから、その日その日はまあ無事に済んでいましたが、腹の中は常

大学　一八九七年（明治30）に東京帝国大学と改称されるまで日本で唯一の大学であった帝国大学のこと。江戸幕府の開成所と医学所を起源とし、一八七七年（明治10）に創設された。

ヂクソン　ディクソン（一八五六年～一九三三年）。イギリスの言語学者・文学者。一八八六年（明治19）に帝国大学に招聘され、英語・英文学を講じた。漱石在学当時の英文科主任。

ウォーズウォース　ワーズワース（一七七〇年～一八五〇年）。イギリスの詩人。コールリッジとの共著『抒情歌謡集』（一七九八年）で自然を歌うロマン派の中心となった。

に空虚でした。空虚ならいっそ思い切りが好かったかも知れませんが、何だか不愉快な煮え切らない漠然たるものが、至る所に潜んでいるようで堪《た》まらないのです。しかも一方では自分の職業としている教師というものに少しの興味も有《も》ち得ないのです。教育者であるという素因の私に欠乏している事は始めから知っていましたが、ただ教場で英語を教える事が既に面倒なのだから仕方がありません。私は始終中腰で隙があったら、自分の本領へ飛び移ろう飛び移ろうとのみ思っていたのですが、さてその本領というのがあるようで、無いようで、何処を向いても、思い切ってやっと飛び移れないのです。

私はこの世に生れた以上何かしなければならん、と云って何をして好いか少しも見当が付かない。私は丁度霧の中に閉じ込められた孤独の人間のように立ち竦《すく》んでしまったのです。そうして何処からか一筋の日光が射《さ》して来ないか知らんという希望よりも、こちらから探《たん》照燈を用いてたった一条《ひとすじ》で好いから先迄明らかに見たいという気がしました。ところが不幸にして何方《どちら》の方角を眺めてもぼんやりしているのです。ぼうっとしているのです。恰《あたか》も嚢《ふくろ》の中に詰《つ》められて出る事の出来ない人のような気持がするのです。私は私の手にただ一本の錐《きり》さえあれば何処《どこ》か一ヶ所突き破って見せるのだがと、焦燥《あせ》り抜いたのですが、生憎《あいにく》その錐は人から与えられる事もなく、また自分で発見する訳にも行かず、ただ腹の底ではこの先自分はどうなるだろうと思って、人知れず陰鬱《いんうつ》な日を送ったのであります。

シエクスピヤ　シェイクスピア（一五六四年〜一六一六年）。イギリスの劇作家・詩人。エリザベス朝ルネサンス期の代表的文学者で、四大悲劇などで名高い。

フォリオ　folio は書物の大きさを表す言葉で、「二つ折本」のこと。ここでは「二つ折本」のシェイクスピア全集を指す。

スコット　スコットランドの詩人・小説家（一七七一年〜一八三二年）。詩作から小説に転じ、「ウェイヴァリー」等の作品によって、歴史小説の様式を確立した。他に「湖上の美人」など。

盲目の垣覗き　覗いても何も見えないという意味から、どうしようもないことのたとえ。

私はこうした不安を抱いて大学を卒業し、同じ不安を連れて松山から熊本へ引越し、また同様の不安を胸の底に畳んで遂に外国迄渡ったのであります。しかし一旦《いったん》外国へ留学する以上は多少の責任を新たに自覚させられるには極《きま》っています。それで私は出来るだけ骨を折って何かしようと努力しました。しかし何《ど》んな本を読んでも依然として自分は嚢の中から出る訳に参りません。この嚢を突き破る錐は倫敦《ロンドン》中探して歩いても見付《みつか》りそうになかったのです。私は下宿の一間《ひとま》の中で考えました。詰《つま》らないと思いました。いくら書物を読んでも腹の足《たし》にはならないのだと諦めました。同時に何の為に書物を読むのか自分でもその意味が解らなくなって来ました。

この時私は始めて文学とは何《ど》んなものであるか、その概念を根本的に自力で作り上げるより外に、私を救う途はないのだと悟ったのです。今迄は全く他人本位で、根のない萍《うきぐさ》のように、そこいらをでたらめに漂よっていたから、駄目《だめ》であったという事に漸《ようや》く気が付いたのです。私のここに他人本位というのは、自分の酒を人に飲んで貰って、後《あと》からその品評を聴いて、それを理が非でもそうだとして仕舞う所謂《いわゆる》人真似を指すのです。一口にこう云って仕舞えば、馬鹿らしく聞こえるから、誰もそんな人真似をする訳がないと不審がられるかも知れませんが、事実は決してそうではないのです。近頃流行《はや》るベルグソン*でもオイケン*でもみんな向うの人が兎や角いうので日本人もその尻馬《しりうま》に乗って騒ぐのです。ましてその頃

ベルグソン　フランスの哲学者（一八五九年～一九四一年）。当時『創造的進化』（一九〇七年）などが翻訳紹介され、一種のベルグソン・ブームが起きていた。

オイケン　ドイツの哲学者（一八四六年～一九二六年）。自然主義に反対して新理想主義を主張し、一九〇八年（明治41）、ノーベル文学賞受賞。

は西洋人のいう事だと云えば何でも蚊《か》でも盲従して威張ったものです。だから無《む》暗《やみ》に片仮名を並べて人に吹聴して得意がった男が＊比々《ひひ》皆是《これ》なりと云いたい位ごろしていました。他《ひと》の悪口《わるくち》ではありません。こういう私が現にそれだったのです。譬《たと》えばある西洋人が甲という同じ西洋人の作物を評したのを読んだとすると、その評の当否は丸で考えずに、自分の腑に落ちようが落ちまいが、無暗にその評を触れ散らかすのです。つまり鵜呑《うのみ》と云ってもよし、また機械的の知識と云ってもよし、到底わが所有とも血とも肉とも云われない、よそよそしいものを我物顔に喋《しゃべ》って歩くのです。しかるに時代が時代だから、またみんながそれを賞《ほ》めるのです。

けれどもいくら人に賞められたって、元々人の借着をして威張っているのだから、内心は不安です。手もなく孔雀《くじゃく》の羽根を身に着けて威張っているようなものですから。それでもう少し浮華《ふか》を去って＊摯実《しじつ》に就かなければ、自分の腹の中は何時《いつ》迄経ったって安心は出来ないという事に気がつき出したのです。

たとえば西洋人がこれは立派な詩だとか、口調が大変好いとか云っても、それはその西洋人の見る所で、私の参考にならん事はないにしても、私にそう思えなければ、到底受売《うけうり》をすべき筈のものではないのです。私が独立した一個の日本人であって、決して英国人の奴婢《どひ》でない以上はこれ位の見識は国民の一員として具《そな》えていなければならない上に、世界に共通な正直という徳義を重んずる点から見

比々　どれもこれも、の意。

摯実　飾り気がなく真面目なこと。

ても、私は私の意見を曲げてはならないのです。
しかし私は英文学を専攻する。その本場の批評家のいう所と私の考《かんがえ》と矛盾しては何《ど》うも普通の場合気が引ける事になる。そこでこうした矛盾が果して何処《どこ》から出るかという事を考えなければならなくなる。風俗、人情、習慣、溯《さかのぼ》っては国民の性格皆この矛盾の原因になっているに相違ない。それを、普通の学者は単に文学と科学とを混同して、*甲の国民に気に入るものはきっと乙の国民の賞讃を得るに極《きま》っている、そうした必然性が含まれていると誤認してかかる。そこが間違っていると云わなければならない。たといこの矛盾を融和する事が不可能にしても、それを説明する事は出来る筈だ。そうして単にその説明だけでも日本の文壇には一道の光明を投げ与える事が出来る。――こう私はその時始めて悟ったのでした。甚《はなは》だ遅蒔《おそまき》の話で*慚愧《ざんき》の至《いたり》でありますけれども、事実だから偽らない所を申し上げるのです。

　私はそれから文芸に対する自己の立脚地を堅《かた》めるため、堅めるというより新らしく建設する為に、文芸とは全く縁のない書物を読み始めました。一口《ひとくち》でいうと、*自己本位という四字を漸《よう》く考えて、その自己本位を立証する為に、科学的な研究やら哲学的の思索に耽《ふけ》り出したのであります。今は時勢が違いますから、この辺の事は多少頭のある人には能《よ》く解せられている筈ですが、その頃は私が幼稚な上に、世間がまだそれほど進んでいなかったので、私の遣《や》り方は実際已《やむ》を得なかっ

甲の国民に気に入るもの　これまで論じてきた「西洋人」と「日本人」という二項対立が、ここから「甲の国民」「乙の国民」という普遍的問題に置き換えられる。

慚愧　恥じ入ること。

自己本位　この講演のキイ・ワードで、漱石の思想を考えるうえでも最も重要な概念の一つ。エゴイズムとは異なり、自己を拠り所として普遍性を持ちうる価値基準を創出すること。

たのです。

私はこの自己本位という言葉を自分の手に握ってから大変強くなりました。彼ら何者ぞやと気概《きがい》が出ました。今迄茫然と自失していた私に、ここに立って、この道からこう行かなければならないと指図《さしず》をしてくれたものは実にこの自我本位の四字なのであります。

自白すれば私はその四字から新たに出立したのであります。そうして今の様にただ人の尻馬にばかり乗って空《から》騒ぎをしているようでは甚《はなは》だ心元ない事だから、そう西洋人振らないでも好いという動かすべからざる理由を立派に彼らの前に投げ出して見たら、自分もさぞ愉快だろう、人もさぞ喜ぶだろうと思って、著書その他の手段によって、それを成就するのを私の生涯の事業としようと考えたのです。

その時私の不安は全く消えました。私は軽快な心をもって陰鬱な倫敦《ロンドン》を眺めたのです。比喩で申すと、私は多年の間懊悩《おうのう》した結果漸《よう》く自分の鶴嘴《つるはし》をがちりと鉱脈に掘り当てたような気がしたのです。なお繰り返していうと、今迄霧の中に閉じ込まれたものが、ある角度の方向で、明らかに自分の進んで行くべき道を教えられた事になるのです。

かく私が啓発された時は、もう留学してから、一年以上経過していたのです。それでとても外国では私の事業を仕上《しあげ》る訳に行かない、兎に角出来るだけ材料を纏めて、本国へ立ち帰った後《あと》、立派に始末を付けようという気になりました。即ち外国へ行った時よりも帰って来た時の方が、偶然ながらある力を得た事になるのです。

　ところが帰るや否や私は衣食の為に奔走《ほんそう》する義務が早速起りました。私は高等学校へも出ました。大学へも出ました。後《あと》では金《かね》が足りないので、私立学校も一軒稼ぎました。その上私は*神経衰弱に罹《かか》りました。最後に下《くだ》らない創作などを雑誌に載せなければならない仕儀《しぎ》に陥りました。色々の事情で、私は私の企てた事業を半途で中止してしまいました。私の著《あら》わした*文学論はその記念というよりも寧《むし》ろ失敗の亡骸《なきがら》です。しかも畸形児の亡骸です。あるいは立派に建設されないうちに地震で倒された未成市街の廃墟《はいきょ》のようなものです。

　しかしながら自己本位というその時得た私の考《かんがえ》は依然としてつづいています。否《いな》年を経るに従って段々強くなります。著作的事業としては、失敗に終りましたけれども、その時確かに握った自己が主で、他は*賓《ひん》であるという信念は、今日の私に非常の自信と安心を与えてくれました。私はその引続きとして、今日《こんにち》なお生きていられるような心持がします。実はこうした高い壇の上に立って、諸君を相手に講演をするのも矢張《やは》りその力の御蔭かも知れません。

　以上はただ私の経験だけをざっと御話ししたのでありますけれども、その御話しを致した意味は全く貴方がたの御参考になりはしまいかという老婆心《ろうばしん》からなの

神経衰弱　心身の過労などのために神経系統の働きが低下し、外界への反応が異常に敏感になる状態。不眠・頭痛・めまい等を伴う。漱石は終生この病気に悩まされた。

文学論　イギリス留学中に構想され、帰国後、東京帝国大学で講義を行った「文学論」のことで、一九〇七年（明治40）に出版された。F＋fの定義で知られる。

賓　主に対して従になるもの。

であります。貴方がたはこれからみんな学校を去って、世の中へ御出掛になる。それにはまだ大分時間のかかる方《かた》も御座いましょうし、または追付《おっつ》け実社界に活動なさる方もあるでしょうが、いずれも私の一度経過した煩悶《はんもん》（たとい種類は違っても）を繰返《くりかえ》しがちなものじゃなかろうかと推察されるのです。私のように何処《どこ》か突き抜けたくっても突き抜ける訳にも行かず、何か掴みたくっても薬鑵頭《やかんあたま》を掴むようにつるつるして焦燥《じれ》ったくなったりする人が多分あるだろうと思うのです。もし貴方がたのうちで既に自力で切り開いた道を持っている方《かた》は例外であり、また他《ひと》の後《あと》に従って、それで満足して、在来の古い道を進んで行く人も悪いとは決して申しませんが、（自己に安心と自信がしっかり附随《ふずい》しているならば、）しかしもしそうでないとしたならば、何《ど》うしても、一つ自分の鶴嘴で掘り当てる所迄進んで行かなくっては行けないでしょう。行けないというのは、もし掘り中《あ》てる事が出来なかったなら、その人は生涯不愉快で、始終中腰《ちゅうごし》になって世の中にまごまごしていなければならないからです。私のこの点を力説するのは全くその為で、何も私を模範になさいという意味では決してないのです。私のような詰《つま》らないものでも、自分で自分が道をつけつつ進み得たという自覚があれば、あなた方から見てその道が如何《いか》に下らないにせよ、それは貴方がたの批評と観察で、私には寸毫《すんごう》の損害がないのです。私自身はそれで満足するつもりであります。しかし私自身がそれがため、自信と安心を有《も》っているからといって、同じ径路が貴方がたの模範になるとは決して思ってはいないのですから、誤解しては不可《いけま》せん。

それは兎に角、私の経験したような煩悶が貴方がたの場合にもしばしば起るに違いないと私は鑑定《かんてい》しているのですが、何《ど》うでしょうか。もしそうだとすると、何かに打ち当る迄行くという事は、学問をする人、教育を受ける人が、生涯の仕事としても、あるいは十年二十年の仕事としても、必要じゃないでしょうか。ああここにおれの進むべき道があった！　漸《ようや》く掘り当てた！　こういう感投詞を心の底から叫び出される時、あなたがたは始めて心を安んずる事が出来るのでしょう。容易に打ち壊されない自信が、その叫び声とともにむくむく首を擡《もた》げて来るのではありませんか。既にその域に達している方も多数のうちにはあるかも知れませんが、もし途中で霧か靄《もや》のために懊悩していられる方があるならば、何《ど》んな犠牲を払っても、ああここだという掘当てる所迄行ったら宜《よ》かろうと思うのです。必ずしも国家の為ばかりだからというのではありません。またあなた方《がた》の御家族の為に申し上げる次第でもありません。貴方がた自身の幸福のために、それが絶対に必要じゃないかと思うから申上げるのです。もし私の通ったような道を通り過ぎた後《あと》なら致し方もないが、もし何処《どこ》かにこだわりがあるなら、それを踏潰《ふみつぶ》す迄進まなければ駄目ですよ。――もっとも進んだって何《ど》う進んで好《い》いか解らないのだから、何かに打《ぶ》つかる所迄行くより外《ほか》に仕方がないのです。私は忠告がましい事を貴方がたに強いる気は丸でありませんが、それが将来貴方がたの幸福の一つになるかも知れないと思うと黙《だま》っていられなくなるのです。腹の中の煮え切らない、徹底しない、ああでもありこうでもあるというような海鼠《なまこ》のような精神を抱いてぼんやりしていては、自分が不愉快ではないか知らんと思うからいうのです。不愉快でないと仰《おっし》ゃればそれまでです、またそんな不愉快は通り越していると仰しゃれば、それも結構であります。願くは通り越してありたいと私は祈るのであります。しかしこの私は学校を出て三十以上迄通り越せなかったのです。その苦痛は無論鈍痛《どんつう》ではありましたが、年々歳々感ずる痛《いたみ》には相違なかったのであります。だからもし私のような病気に罹《かか》った人が、もしこの中にあるならば、何《ど》うぞ勇猛に御進みにならん事を希望して已《や》まないのです。もしそこ迄行ければ、ここにおれの尻を落ちつける場所があったのだという事実を御発見になって、生涯の安心と自信を握る事が出来るようになると思うから申し上げるのです。

　今迄申し上げた事はこの講演の第一篇《ぺん》に相当するものですが、私はこれからその第二篇に移ろうかと考えます。学習院という学校は社会的地位の好い人が這入《はい》る学校のように世間から見做《みな》されております。そうしてそれが恐らく事実なのでしょう。もし私の推察通り大した貧民はここへ来ないで、寧《むし》ろ上流社会の子弟ばかりが集まっているとすれば、向後《こうご》貴方がたに附随してくるもののうちで第一番に挙げなければならないのは権力であります。換言《かんげん》すると、あなた方《がた》が世間へ出れば、貧民が世の中に立った時よりも余計権力が使えるという事なのです。前申した、仕事をして何かに掘り中《あ》てるまで進んで行くという事は、つまりあなた方の幸福の為め安心の為めには相違ありませんが、何故それが幸福と安心とをもたらすかというと、貴方方《がた》の有《も》って生れた個性がそこに打《ぶ》つかって始めて腰がすわるからでしょう。そうしてそこに尻を落付けて漸々《だんだん》前の方へ進んで行くとその個性が益《ますます》発展して行くからでしょう。ああここにおれの安住の地位があったと、あなた方の仕事とあなたがたの個性が、しっくり合った時に、始めて云い得るのでしょう。

これと同じような意味で、今申し上げた権力というものを吟味して見ると、権力とは先刻《さっき》御話した自分の個性を他人の頭の上に無理矢理に圧《お》し付ける道具なのです。道具だと判然《はっきり》云い切ってわるければ、そんな道具に使い得る利器なのです。権力に次ぐものは金力です。これも貴方がたは貧民よりも余計に所有しておられるに相違ない。この金力を同じくそうした意味から眺めると、これは個性を拡張するために、他人の上に誘惑の道具として使用し得る至極重宝なものになるのです。

して見ると権力と金力とは自分の個性を貧乏人より余計に、他人の上に押し被《かぶ》せるとか、または他人をその方面に誘《おび》き寄《よ》せるとかいう点において、大変便宜な道具だと云わなければなりません。こういう力があるから、偉いようでいて、その実非常に危険なのです。先刻申した個性はおもに学問とか文芸とか趣味とかについて自己の落ち付くべき所迄行って始めて発展するように御話し致したのですが、実をいうとその応用は甚《はなは》だ広いもので、単に学芸だけにはとどまらないのです。私の知っているある兄弟*で、弟の方は家《うち》に引込んで書物などを読む事が好きなのに引き易《か》えて、兄はまた釣道楽《つりどうらく》に憂身《うきみ》をやつしているのがあります。するとこの兄が自分の弟の引込思案《ひっこみじあん》でただ家《うち》にばかり引籠《ひきこも》っているのを非常に忌《い》まわしいもののように考えるのです。必竟《ひっきょう》は釣をしないからああいう風に厭世的になるのだと合点《がてん》して、無暗《むやみ》に弟を釣に引張り出そうとするのです。弟はまたそれが不愉快で堪《たま》らないのだけれども、兄が高圧的に釣竿を担《かつ》がしたり、魚籃《びく》を提《さ》げさせたりして、釣堀へ随行を命ずるものだから、まあ目を瞑《ねむ》って食っ付いて行って、気味の悪い鮒《ふな》などを釣っていやいや帰ってくるのです。それが為に兄の計画通り弟の性質が直ったかというと、決してそうではない、益《ますます》この釣《つり》というものに対して反抗心を起してくるようになります。つまり釣と兄の性質とはぴたりと合ってその間に何の隙間もないのでしょうが、それは所謂《いわゆる》兄の個性で、弟とは丸で交渉がないのです。これはもとより金力の例ではありません、権力の他を威圧する説明になるのです。兄の個性が弟を圧迫して無理に魚を釣らせるのですから。もっともある場合には、——例えば授業を受ける時とか、兵隊になった時とか、また寄宿舎でも軍隊生活を主位に置くとか——すべてそう云った場合には多少この高圧的手段は免かれますまい。しかし私は重《おも》に貴方がたが一本立《いっぽんだち》になって世間へ出

ある兄弟　この兄弟の話とほぼ同じエピソードを、漱石の弟子の中勘助が『銀の匙』後編（「つむじまがり」）に記している。もしかしたら、中から聞いた彼と彼の兄のことなのかもしれない。

た時の事を云っているのだからそのつもりで聴いて下さらなくては困ります。

　そこで前申した通り自分が好いと思った事、好きな事、自分と性《しょう》の合う事、幸にそこに打《ぶ》つかって自分の個性を発展させて行くうちには、自他の区別を忘れて、何《ど》うかあいつもおれの仲間に引き摺り込んで遣《や》ろうという気になる。その時権力があると前云った兄弟のような変な関係が出来上るし、また金力があると、それを振り蒔《ま》いて、他《ひと》を自分のようなものに仕立上げようとする。即ち金を誘惑の道具として、その誘惑の力で他《ひと》を自分に気に入るように変化させようとする。どっちにしても非常な危険が起るのです。

　それで私は常からこう考えています。第一に貴方がたは自分の個性が発展出来るような場所に尻を落ち付けべく、自分とぴたりと合った仕事を発見する迄邁進《まいしん》しなければ一生の不幸であると。しかし自分がそれだけの個性を尊重し得るように、社会から許されるならば、他人に対してもその個性を認めて、彼らの傾向を尊重するのが理の当然になって来るでしょう。それが必要でかつ正しい事としか私には見えません。自分は天性右を向いているから、彼奴《あいつ》が左を向いているのは怪《け》しからんというのは不都合じゃないかと思うのです。もっとも複雑な分子の寄って出来上った善悪とか邪正《じゃせい》とかいう問題になると、少々込み入った解剖の力を借りなければ何とも申されませんが、そうした問題の関係して来ない場合もしくは関係しても面倒でない場合には、自分が他《ひと》から自由を享有《きょうゆう》している限り、他《ひと》にも同程度の自由を与えて、同等に取り扱わなければならん事と信ずるより外《ほか》に仕方がないのです。

　近頃自我とか自覚とか唱えていくら自分の勝手な真似をしても構わないという符徴《ふちょう》に使うようですが、その中には甚《はなは》だ怪しいのが沢山あります。彼らは自分の自我を飽迄《あくまで》尊重するような事を云いながら、他人の自我に至っては毫も認めていないのです。苟《いや》しくも公平の眼を具し正義の観念を有《も》つ以上は、自分の幸福のために自分の個性を発展して行くと同時に、その自由を他《ひと》にも与えなければ済まん事だと私は信じて疑わないのです。我々は他《ひと》が自己の幸福のために、己れの個性を勝手に発展するのを、相当の理由なくして妨害してはならないのであります。私は何故ここに妨害という字を使うかというと、貴方がたは正《まさ》しく妨害し得る地位に将来立つ人が多いからです。貴方がたのうちには権力を用い得る人があり、また金力を用い得る人が沢山あるからです。

　元来をいうなら、義務の附着しておらない権力というものが世の中にあろう筈がないのです。私がこうやって、高い壇の上から貴方方《がた》を見下して、一時間なり二時間なり私の云う事を静粛に聴いて頂だく権利を保留する以上、私の方でも貴方方《がた》を静粛にさせるだけの説を述べなければ済まない筈だと思います。よし平凡な講演をするにしても、私の態度なり様子なりが、貴方がたをして襟《えり》を正さしむるだけの立派さを有《も》っていなければならん筈のものであります。ただ私は御客である、貴方がたは主人である、だから大人しくしなくてはならない、とこう云おうとすれば云われない事もないでしょうが、それは上面《うわつら》の礼式にとどまる事で、精神には何の関係もない云わば因襲《いんしゅう》といったようなものですから、てんで議論にはならないのです。別の例を挙げて見ますと、貴方がたは教場で時々先生から叱られる事があるでしょう。しかし叱りっ放しの先生がもし世の中にあるとすれば、その先生は無論授業をする資格のない人です。叱る代りには骨を折って教えてくれるに極《きま》っています。叱る権利をもつ先生は即ち教える義務をも有《も》っている筈なのですから。先生は規律をただすため、秩序を保つために与えられた権利を十分に使うでしょう。その代りその権利と引き離す事の出来ない義務も尽さなければ、教師の職を勤め終《おお》せる訳に行きますまい。

　金力についても同じ事であります。私の考《かんがえ》によると、責任を解しない金力家は、世の中にあってはならないものなのです。その訳を一口《ひとくち》に御話しするとこうなります。金銭というものは至極重宝なもので、何へでも自由自在に融通が利く。たとえば今私がここで、相場をして十万円儲けたとすると、その*十万円で家屋を立てる事も出来るし、書籍を買う事も出来るし、または*花柳社界を賑わす事も出来るし、つまりどんな形にでも変って行く事が出来ます。そのうちでも人間の精神を買う手段に使用出来るのだから恐ろしいではありませんか。即ちそれを振り蒔《ま》いて、人間の徳義心を買い占める、即ちその人の魂《たましい》を堕落させる道具とするのです。

十万円　現在の三億から五億円に相当する。ちなみに、このころの小学校教員の初任給は十五円前後で、漱石が朝日新聞社から貰っていた報酬は月額二百円であった。

花柳社界　芸者や遊女のいる町。色町。

相場で儲けた金《かね》が徳義的倫理的に大きな威力を以《もっ》て働らき得るとすれば、何《ど》うしても不都合な応用と云わなければならないかと思われます。思われるのですけれども、実際その通りに金が活動する以上は致し方がない。ただ金を所有している人が、相当の徳義心をもって、それを道義上害のないように使いこなすより外《ほか》に、人心の腐敗を防ぐ道はなくなってしまうのです。それで私は金力には必ず責任が付いて廻らなければならないといいたくなります。自分は今これだけの富《とみ》の所有者であるが、それをこういう方面にこう使えば、こういう結果になるし、ああいう社会にああ用いればああいう影響があると呑み込むだけの見識を養成する許《ばかり》でなく、その見識に応じて、責任を以《もっ》てわが富を所置しなければ、世の中に済まないと云うのです。いな自分自身にも済むまいというのです。

今迄の論旨をかい摘《つま》んで見ると、第一に自己の個性の発展を仕遂げようと思うならば、同時に他人の個性も尊重しなければならないという事。第二に自己の所有している権力を使用しようと思うならば、それに附随している義務というものを心得なければならないという事。第三に自己の金力を示そうと願うなら、それに伴う責任を重《おもん》じなければならないという事。つまりこの三ヶ条に帰着するのであります。

これを外《ほか》の言葉で言い直すと、苟《いや》しくも倫理的に、ある程度の修養を積んだ人でなければ、個性を発展する価値もなし、権力を使う価値もなし、また金力を使う価値もないという事になるのです。それをもう一遍云い換えると、この三者を自由に享《う》け楽しむためには、その三つのものの背後にあるべき人格の支配を受ける必要が起って来るというのです。もし人格のないものが無暗《むやみ》に個性を発展しようとすると、他《ひと》を妨害する、権力を用いようとすると、濫用に流れる、金力を使おうとすれば、社会の腐敗をもたらす。随分《ずいぶん》危険な現象を呈するに至るのです。そうしてこの三つのものは、貴方がたが将来において最も接近し易いものであるから、貴方がたは何《ど》うしても人格のある立派な人間になって置かなくては不可《いけな》いだろうと思います。

話が少し横へそれますが、御存じの通り英吉利《イギリス》という国は大変自由を尊ぶ国であります。それほど自由を愛する国でありながら、また英吉利《イギリス》ほど秩序の調《ととの》った国はありません。実をいうと私は英吉利《イギリス》を好かないのです。嫌いではあるが事実だから仕方なしに申し上げます。あれほど自由でそうしてあれほど秩序の行き届いた国は恐らく世界中にないでしょう。日本などは到底比較にもなりません。しかし彼らはただ自由なのではありません。自分の自由を愛するとともに他《ひと》の自由を尊敬するように、小供《こども》の時分から社会的教育をちゃんと受けているのです。だから彼らの自由の背後にはきっと義務という観念が伴っています。*England expects every man to do his duty. といった有名な*ネルソンの言葉は決して当座限りの意味のものではないのです。彼らの自由と表裏して発達して来た深い根柢《こんてい》を

England expects every man to do his duty　ネルソン提督（次注）がトラファルガー沖の海戦で部下を激励するために発した言葉。「祖国は各自がそれぞれの義務を果たさんことを期待する」の意。

ネルソン　イギリスの海軍軍人・提督（一七五八年〜一八〇五年）。一八〇五年、トラファルガー沖で、フランス・スペイン連合艦隊を撃滅するが、自らも艦船上で戦死した。

もった思想に違《ちがい》ないのです。

彼らは不平があると能《よ》く示威運動を遣《や》ります。しかし政府は決して干渉がましい事をしません。黙って放って置くのです。その代り示威運動をやる方でもちゃんと心得ていて、無暗《むやみ》に政府の迷惑になるような乱暴は働かないのです。近来女権拡張論者と云ったようなものが無暗《むやみ》に狼藉《ろうぜき》をするように新聞などに見えていますが、あれはまあ例外です。例外にしては数が多過ぎると云われればそれ迄ですが、何《ど》うも例外と見るより外《ほか》に仕方がないようです。嫁《よめ》に行かれないとか、職業が見付からないとか、または昔しから養成された、女を尊敬するという気風に付け込むのか、何しろあれは英国人の平生の態度ではないようです。名画を破る、監獄で絶食して獄丁《ごくてい》*を困らせる、議会のベンチへ身体を縛り付けて置いて、わざわざ騒々しく叫び立てる。これは意外の現象ですが、ことによると女は何をしても男の方で遠慮するから構わないという意味で遣《や》っているのかも分りません。しかしまあ何《ど》ういう理由にしても変則らしい気がします。一般の英国気質というものは、今御話しした通り義務の観念を離れない程度において自由を愛しているようです。

それで私は何も英国を手本にするという意味ではないのですけれども、要するに義務心を持っていない自由は本当の自由ではないと考えます。と云うものは、そうした我儘《わがまま》な自由は決して社会に存在し得ないからであります。よし存在して

獄丁　囚人を監督する下級役人。

もすぐ他から排斥され踏み潰されるに極《きま》っているからです。私は貴方がたが自由にあらん事を切望するものであります。同時に貴方がたが義務というものを納得せられん事を願って已《や》まないのであります。こういう意味において、私は個人主義だと公言して憚《はばか》らないつもりです。

この個人主義という意味に誤解があっては不可《いけま》せん。ことに貴方がたのような御若い人に対して誤解を吹き込んでは私が済みませんから、その辺はよく御注意を願って置きます。時間が逼《せま》っているからなるべく単簡に説明致しますが、個人の自由は先刻御話した個性の発展上極めて必要なものであって、その個性の発展がまた貴方がたの幸福に非常な関係を及ぼすのだから、何《ど》うしても他に影響のない限り、僕は左を向く、君は右を向いても差支《さしつかえ》ない位の自由は、自分でも把持《はじ》し、他人にも附与しなくてはなるまいかと考えられます。それが取《とり》も直さず私のいう個人主義なのです。金力権力の点においてもその通りで、俺の好かない奴だから畳んでしまえとか、気に喰わない者だから遣《や》っ付《つ》けてしまえとか、悪い事もないのに、ただそれらを濫用したら何《ど》うでしょう。人間の個性はそれで全く破壊されると同時に、人間の不幸もそこから起らなければなりません。たとえば私が何も不都合を働らかないのに、単に政府に気に入らないからと云って、警視総監が巡査に私の家を取り巻かせたら何《ど》んなものでしょう。警視総監にそれだけの権力はあるかも知れないが、徳義はそういう権力の使用を彼に許さないのであります。

または三井とか岩崎とかいう豪商が、私を嫌うというだけの意味で、私の家の召使《めしつかい》を買収して事ごとに私に反抗させたなら、これまた何《ど》んなものでしょう。もし彼らの金力の背後に人格というものが多少でもあるならば、彼らは決してそんな無法を働らく気にはなれないのであります。

　こうした弊害はみな道義上の個人主義を理解し得ないから起るので、自分だけを、権力なり金力なりで、一般に推し広めようとする我儘に外《ほか》ならんのであります。だから個人主義、私のここに述べる個人主義というものは、決して俗人の考えているように国家に危険を及ぼすものでも何でもないので、他《ひと》の存在を尊敬すると同時に自分の存在を尊敬するというのが私の解釈なのですから、立派な主義だろうと私は考えているのです。

　もっと解り易く云えば、党派心がなくって*理非がある主義なのです。朋党を結び団隊を作って、権力や金力のために盲動しないという事なのです。それだからその裏面には人に知られない淋しさも潜んでいるのです。既に党派でない以上、我は我の行くべき道を勝手に行くだけで、そうしてこれと同時に、他人の行くべき道を妨げないのだから、ある時ある場合には人間がばらばらにならなければなりません。そこが淋しいのです。私がかつて*朝日新聞の文芸欄を担任していた頃、だれであったか、*三宅雪嶺さんの悪口を書いた事がありました。勿論《もちろん》人身攻撃ではないので、ただ批評に過ぎないのです。しかもそれがたった二三行あったので

理非　道理にかなっていることと、はずれていること。

朝日新聞の文芸欄　一九〇九年（明治42）十一月からおよそ二年間、漱石が朝日新聞紙上で主宰していた文芸欄。自然主義に対抗し、多様な芸術関連記事を紹介した。

三宅雪嶺　ジャーナリスト・評論家（一八六〇年〜一九四五年）。本名雄二郎。政教社を設立して雑誌『日本人』（一八八八年創刊）を発行し、国粋主義を提唱した。

す。出たのは何時頃《いつ》でしたか、私は担任者であったけれども病気をしたからあるいはその病気中かも知れず、または病気中でなくって、私が出して好いと認定したのかも知れません。兎に角その批評が朝日の文芸欄に載ったのです。すると*「日本及び日本人」の連中が怒《おこ》りました。私の所へ直接には懸け合わなかったけれども、当時私の下働きをしていた男に取消《とりけし》を申し込んで来ました。それが本人からではないのです。雪嶺さんの子分――子分というと何だか博奕打《ばくちうち》の様で可笑《おかし》いが、――まあ同人といったようなものでしょう、何《ど》うしても取り消せというのです。それが事実の問題ならもっともですけれども、批評なんだから仕方がないじゃありませんか。私の方ではこっちの自由だというより外《ほか》に途はないのです。しかもそうした取消を申し込んだ「日本及び日本人」の一部では毎号私の悪口を書いている人があるのだからなおの事《こと》人を驚ろかせるのです。私は直接談判はしませんでしたけれども、その話を間接に聞いた時、変な心持がしました。というのは、私の方は個人主義で遣《や》っているのに反して、向うは党派主義で活動しているらしく思われたからです。当時私は私の作物をわるく評したものさえ、自分の担任している文芸欄へ載せた位ですから、彼らの所謂《いわゆる》同人なるものが、一度に雪嶺さんに対する評語が気に入らないと云って怒ったのを、驚ろきもしたし、また変にも感じました。失礼ながら時代後れだとも思いました。封建時代の人間の団隊のようにも考えました。しかしそう考えた私は遂に一種の淋しさを脱却する訳に行か

*「日本及び日本人」　三宅雪嶺主筆の評論雑誌。一九〇七年（明治40）に雑誌『日本人』を改題してこの名称となった。

なかったのです。私は意見の相違は如何《いか》に親しい間柄でも、何《ど》うする事も出来ないと思っていましたから、私の家に出入りをする若い人達に助言はしても、その人々の意見の発表に抑圧を加えるような事は、他に重大な理由のない限り、決して遣《や》った事がないのです。私は他《ひと》の存在をそれほどに認めている、即ち他《ひと》にそれだけの自由を与えているのです。だから向うの気が進まないのに、いくら私が汚辱を感ずるような事があっても、決して助力は頼めないのです。そこが個人主義の淋しさです。個人主義は人を目標として向背《こうはい》＊を決する前に、まず理非を明らめて、去就を定めるのだから、ある場合にはたった一人ぼっちになって、淋しい心持がするのです。それはその筈です。槙雑木《まきざっぽう》でも束になっていれば心丈夫ですから。

それからもう一つ誤解を防ぐ為に一言して置きたいのですが、何だか個人主義というと一寸《ちょっと》国家主義の反対で、それを打ち壊すように取られますが、そんな理窟の立たない漫然としたものではないのです。一体何々主義という事は私のあまり好まないところで、人間がそう一つ主義に片付けられるものではあるまいとは思いますが、説明の為ですから、ここには已《やむ》を得ず、主義という文字の下《もと》に色々の事を申し上げます。ある人は今の日本は何《ど》うしても国家主義でなければ立ち行かないように云い振らしまたそう考えています。しかも個人主義なるものを蹂躪《じゅうりん》＊しなければ国家が亡びるような事を唱道するものも少なくはありません。けれどもそんな馬鹿気《げ》た筈は決してありようがないのです。事実私共《ども》は国家主義

向背　従うことと背くこと。なりゆき。

蹂躪　ふみにじること。とくに暴力や権力によって、他人の権利などを侵害すること。

でもあり、世界主義でもあり、同時にまた個人主義でもあるのであります。

個人の幸福の基礎となるべき個人主義は個人の自由がその内容になっているには相違ありませんが、各人の享有《きょうゆう》するその自由というものは国家の安危に従って、寒暖計のように上ったり下《さが》ったりするのです。これは理論というよりも寧《むし》ろ事実から出る理論と云った方が好《い》いかも知れません、つまり自然の状態がそうなって来るのです。国家が危くなれば個人の自由が狭《せば》められ、国家が泰平の時には個人の自由が膨脹して来る、それが当然の話です。苟《いやし》くも人格のある以上、それを踏み違えて、国家の亡びるか亡びないかという場合に、疳違《かんちが》いをしてただ無暗《むやみ》に個性の発展ばかり目懸けている人はない筈です。私のいう個人主義のうちには、火事が済んでもまだ火事頭巾が必要だと云って、用もないのに窮屈がる人に対する忠告も含まれていると考えて下さい。また例になりますが、昔し私が高等学校にいた時分、ある会を創設したものがありました。その名も主意も詳しい事は忘れてしまいましたが、何しろそれは国家主義を標榜した八釜《やかま》しい会でした。勿論《もちろん》悪い会でも何でもありません。当時の校長の木下広次*さんなどは大分肩を入れていた様子でした。その会員はみんな胸にめだるを下《さ》げていました。私はめだるだけは御免蒙《こうむ》りましたが、それでも会員にはされたのです。無論発起人でないから、随分異存もあったのですが、まあ入っても差支《さしつかえ》なかろうという主意から入会しました。ところがその発会式が広い講堂で行なわれた時に、何かの機《はずみ》でしたろ

＊木下広次さん　七五頁脚注参照。

う、一人の会員が壇上に立って演説めいた事を遣《や》りました。ところが会員ではあったけれども私の意見には大分反対のところもあったので、私はその前随分その会の主意を攻撃していたように記憶しています。しかるにいよいよ発会式となって、今申した男の演説を聴いて見ると、全く私の説の反駁《はんばく》に過ぎないのです。故意だか偶然だか解りませんけれども勢い私はそれに対して答弁の必要が出て来ました。私は仕方なしに、その人のあとから演壇に上《のぼ》りました。当時の私の態度なり行儀なりは甚《はなは》だ見苦しいものだと思いますが、それでも簡潔に云う事だけは云って退《の》けました。ではその時何と云ったかと御尋ねになるかも知れませんが、それは頗《すこぶ》る簡単なのです。私はこう云いました。――国家は大切かも知れないが、そう朝から晩迄国家国家と云って恰《あたか》も国家に取り付かれたような真似は到底我々に出来る話でない。*常住坐臥《じょうじゅうざが》国家の事以外を考えてならないという人はあるかも知れないが、そう間断なく一つ事を考えている人は事実あり得ない。豆腐屋が豆腐を売ってあるくのは、決して国家の為に売って歩くのではない。根本的の主意は自分の衣食の料を得る為である。しかし当人はどうあろうともその結果は社会に必要なものを供するという点において、間接に国家の利益になっているかも知れない。これと同じ事で、今日の午《ひる》に私は飯を三杯たべた、晩にはそれを四杯に殖《ふ》やしたというのも必ずしも国家の為に増減したのではない。正直に云えば胃の具合で極《き》めたのである。しかしこれらも間接のまた間接に云えば天下に影響しない

常住坐臥　いつも。座っている時も寝ている時も。「常住」と「行住坐臥」とを混用した語。

とは限らない、否観方《みかた》によっては世界の大勢に幾分か関係していないとも限らない。しかしながら肝心の当人はそんな事を考えて、国家の為に飯を食わせられたり、国家の為に顔を洗わせられたり、また国家の為に便所に行かせられたりしては大変である。国家主義を奨励するのはいくらしても差支《さしつかえ》ないが、事実出来ない事を恰《あたか》も国家の為にする如くに装うのは偽りである。――私の答弁はざっとこんなものでありました。

一体国家というものが危くなれば誰だって国家の安否を考えないものは一人もない。国が強く戦争の憂《うれい》が少なく、そうして他から犯される憂がなければないほど、国家的観念は少なくなってしかるべき訳で、その空虚を充たす為に個人主義が這入《はい》ってくるのは理の当然と申すより外《ほか》に仕方がないのです。今の日本はそれほど安泰でもないでしょう。貧乏である上に、国が小さい。従って何時《いつ》どんな事が起ってくるかも知れない。そういう意味から見て吾々は国家の事を考えていなければならんのです。けれどもその日本が今が今潰れるとか滅亡の憂目《うきめ》にあうとかいう国柄でない以上は、そう国家国家と騒ぎ廻る必要はない筈です。火事の起らない先に火事装束をつけて窮屈な思いをしながら、町内中駈け歩くのと一般であります。*必竟《ひっきょう》ずるにこういう事は実際程度問題で、いよいよ戦争が起った時とか、危急存亡の場合とかになれば、考えられる頭の人、――考えなくてはいられない人格の修養の積んだ人は、自然そちらへ向いて行く訳で、個人の自由を束

必竟　畢竟。つまり。結局。
「畢」も「竟」も終わるの意。

縛し個人の活動を切り詰めても、国家の為に尽すようになるのは天然自然と云っていい位なものです。だからこの二つの主義はいつでも矛盾して、何時《いつ》でも撲殺し合うなどというような厄介なものでは万々ないと私は信じているのです。この点についても、もっと詳しく申し上げたいのですけれども時間がないからこの位にして切り上げて置きます。ただもう一つ御注意までに申し上げて置きたいのは、国家的道徳というものは個人的道徳に比べると、ずっと段の低いものの様に見える事です。元来国と国とは辞令はいくら八釜《やかま》しくっても、徳義心はそんなにありゃしません。詐欺をやる、誤魔化しをやる、ペテンに掛ける、滅茶苦茶なものであります。だから国家を標準とする以上、国家を一団と見る以上、よほど低級な道徳に甘んじて平気でいなければならないのに、個人主義の基礎から考えると、それが大変高くなって来るのですから考えなければなりません。だから国家の平穏な時には、徳義心の高い個人主義に矢張《やはり》重きを置く方が、私にはどうしても当然のように思われます。その辺は時間がないから今日はそれより以上申上げる訳に参りません。

私は折角《せっかく》の御招待だから今日《こんにち》まかり出て、出来るだけ個人の生涯を送るべき貴方がたに個人主義の必要を説きました。これは貴方がたが世の中へ出られた後、幾分か御参考になるだろうと思うからであります。果して私のいう事が、あなた方《がた》に通じたか何《ど》うか、私には分りませんが、もし私の意味に不明の所があるとすればそれは私の言い方が足りないか、または悪いかだろうと思います。で私の云う所に、もし曖昧の点があるなら、好い加減に極《き》めないで、私の宅迄御出下さい。出来るだけは何時《いつ》でも説明するつもりでありますから。またそうした手数を尽さないでも、私の本意が充分御会得になったなら、私の満足はこれに越した事はありません。余り時間が長くなりますからこれで御免を蒙《こうむ》ります。

解説

亡くなるおよそ二年前の一九一四年（大正3）十一月、学習院で行われた講演の筆記録。漱石の講演としては「現代日本の開化」と双璧をなすもので、前半では雑談を交えつつ、「自己本位」という言葉にたどり着くまでの半生が、後半では倫理の問題に加え、国家と個人の関係について語られている。周知のとおり、講演の場である学習院は、当時は皇族や華族の子弟が通う教育機関であったから、聴衆である生徒たちは将来権力や金力を手にする可能性が高い。そこで漱石はそれを意識して、彼らに両者を行使する際の戒めをも説いている。すなわち、権力や金力は自己の個性を生かすには大変便利なものだが、そのためには他人の個性を尊重し、付随する義務や責任を忘れてはならないというのである。そして、修養を積んだ「人格」こそがそれを可能にするから、「貴方がたは何うしても人格のある立派な人間になって置かなくては不可ない」というのが一つの結論である。教育嫌いといいつつも、まさに教育者としての面目躍如としているのではないか。

授業時間中の漱石

授業時間中の漱石のようすについては数多くの証言が残されている。松山と熊本、また、イギリス留学の前と後では若干雰囲気が異なっているようだが、概ね、厳格でかなり高度な授業を展開して一部の生徒たちに恐れられる半面、個々の質問には適切に応対し、打ち解けてくるとユーモラスな面も垣間見せる、真に生徒思いの先生であったというところが定番のようだ。次に一高での教え子のひとりが語っていた実際の授業風景を紹介してみよう。まずは教室に入ってくるところから。

紺の背広の夏服を着た先生が、左小肱《ひだりこわき》に、教科書と出席簿とを抱えて、少し前かがみに、足早やに入ってこられた。漆黒な髪の毛、心持ち大きい八字髯《じひげ》、パッチリした眼。そして、どこか取り澄ましたように、横など向いて、出席簿を手早やに片附けて。鉛筆をなめて、何やら一寸《ちょっと》書き込んで。そして、教科書をパッと開かれた。

次いでその授業。

先生は江戸っ子であった。気に入らないと、一寸《ちょっと》教壇で啖呵《たんか》位《くらい》切りかねない調子であった。そして、生徒の質問に対する返事が痛快であった。真地目《まじめ》な質問には、真地目に答えられた。拗《ひね》くった質問には、拗くって答えられた。

ある時、一人が、イン・エ・ボックス、という句を質問した。彼は、先生に対して、いつも素直でなかった。すると、先生が、

「イン・エ・ボックスか。それはね、たとえば君が、あんまり拗くれているから、親爺《おやじ》にまで嫌われて、月末に為替が来ないのさ。そうすると、下宿の払いが、出来ないだろう。そうーら、そうすると、君が、イン・エ・ボックスさ」

などと答えられた。

またある日、剽軽《ひょうきん》な生徒が、

「先生！　このイン・グーッド・タイムというやつは、何んですか」

と訊《き》いた。その時、丁度放課の鐘が鳴った。すると先生は、すぐ本を畳んで、

「放課の鐘が鳴ると、質問があろうが、あるまいが、教師は、イン・グーッド・タイムに、部屋からさっさと、出ていった」

と言い乍《なが》ら、一同の拍手を浴びて、さっと教室から出てゆかれたりなどした。

（鶴見祐輔「一高の夏目先生」）

何ともしゃれているではないか。これはすでに「吾輩は猫である」等で広く名を知られ始めていた一九〇五年（明治38）のことだというから、教師としてまさに脂の乗った時期。しかし、そんな漱石も一高

に勤め出した当初はさまざまな失敗も重ねていた。その一つが、世間を驚かせた「巌頭之感」で名高い藤村操との遣り取りで、広く知られていることではあるが、最後にその場に居合わせた野上豊一郎の証言を掲げてみよう。

先生は何しろ生徒の下読みをして来ないのを嫌われたが、藤村は自殺する頃二度ほど怠けた。最初の日先生から訳読を当てられたら、昂然として「やって来ません」と答えた。先生が「何故やって来ない」と聞き返すと、「やりたくないからやって来ないんです」とか何とか答えた。先生は怒って「この次やって来い」と云ってその日は済んだが、その次の時間にまた彼は下読みをして来なかった。すると先生は「勉強する気がないなら、もうこの教室へ出て来なくともよい」と大変に叱られた。するとその二三日後に藤村の投身のことが新聞に出た。その朝、第一時間目が先生であったが、先生は教壇へ上るなり前列にいた学生を捕えて、心配そうな小さな声で、「君、藤村はどうして死んだのだ」と訊《たず》ねられた。その男が「先生心配ありません。大丈夫です」と云ったら、「心配ない事があるものか、死んだんじゃないか」と云われた事があった。先生の心算《こころづもり》では、あの時手ひどく叱ったゆえ彼が自殺をしたのじゃないかと、ふと思ったのだったそうだ。

（野上豊一郎「大学講師時代の夏目先生」）

こんなエピソードもまた教師としての漱石を育てていたのである。

クレイグ先生とケーベル先生

クレイグ先生　「永日小品」より

上

＊クレイグ先生は燕の様《よう》に四階《しかい》の上に巣をくっている。舗石《しきいし》の端に立って見上げたって、窓さえ見えない。下から段々と昇って行くと、股《もも》の所が少し痛くなる時分に、漸《ようや》く先生の門前に出る。門と申しても、扉や屋根のある次第ではない。幅三尺足らずの黒い戸に真鍮《しんちゅう》の敲子《ノッカー》がぶら下がっているだけである。しばらく門前で休息して、この敲子の下端《かたん》をこつこつと戸板へぶつけると、内から開けてくれる。開けてくれるものは、何時《いつ》でも女である。近眼《ちかめ》の所為《せい》か眼鏡《めがね》を掛けて、絶えず驚いている。年は五十位だから、随分久しい間世の中を見て暮した筈《はず》だが、矢っ張りまだ驚いている。戸を敲《たた》くのが気の毒な位大きな眼をして入《い》らっしゃいと云う。

這入《はい》ると女はすぐ消えて仕舞《しま》う。そうして取附《とっつき》の客間――始めは客間とも思わなかった。別段装飾も何もない。窓が二つあって、書物が沢山並んでいるだけで

＊初出　『大阪朝日新聞』一九〇九年（明治42）三月十日（上）、十一日（中）、十二日（下）。初出および底本とした岩波書店『漱石全集』（一九九三年版）では総ルビとなっている。

クレイグ先生　Craig, William James（一八四三年～一九〇六年）。北アイルランド生まれの著名なシェイクスピア研究者。主な著作に『小四折判シェイクスピア』四十巻（一九〇一年～〇四年）などがあり、教師としても数多くの優秀な人材を育てた。漱石はロンドン留学前期の一九〇〇年十一月から翌年八月にかけて、毎週火曜日、私宅で個人教授を受けた。

ある。クレイグ先生は大抵そこに陣取っている。自分の這入って来るのを見ると、やあと云って手を出す。握手をしろという相図《あいず》だから、手を握る事は握るが、向《むこう》ではかつて握り返した事がない。こっちもあまり握り心地が好《い》い訳でもないから、一層《いっそ》廃《よ》したら可《よ》かろうと思うのに、矢っ張りやあと云って毛だらけな皺だらけな、そうして例によって消極的な手を出す。習慣は不思議なものである。

この手の所有者は自分の質問を受けてくれる先生である。始めて逢った時報酬はと聞いたら、そうさな、と一寸《ちょっと》窓の外を見て、一回七*志《シルリング》じゃどうだろう。多過ぎればもっと負けても好いと云われた。それで自分は一回七志の割で月末に全額を払う事にしていたが、時によると不意に先生から催促を受ける事があった。君、少し金が入《い》るから払って行ってくれんかなどと云われる。自分は洋袴《ズボン》の隠《かく》しから金貨を出して、むき出しにへえと云って渡すと、先生はやあ済まんと受取りながら、例の消極的な手を拡げて、一寸掌《ちょっとてのひら》の上で眺めたまま、やがてこれを洋袴の隠しへ収められる。困る事には先生決して釣を渡さない。余分を来月へ繰り越そうとすると、次の週にまた、ちょっと書物を買いたいからなどと催促される事がある。

先生は愛蘭土《アイルランド》の人で言葉が頗《すこぶ》る分らない。少し焦《せ》き込んで来ると、東京者が薩摩人と喧嘩をした時位に六《む》ずかしくなる。それで大変疎忽《そそっか》しい非常な焦き込み屋なんだから、自分は事が面倒になると、運を天に任せて先生の顔だけ見ていた。

七志（シルリング）　漱石の当時の日記（一九〇〇年十一月二十二日）に「一時間 5shilling ニテ約束ス」とあるので、クレイグの「負けても好い」という言葉どおり、結局五シリングにしてもらったようだ。

その顔がまた決して尋常じゃない。西洋人だから鼻は高いけれども、段があって、肉が厚過ぎる。そこは自分に善《よ》く似ているのだが、こんな鼻は一見した所がすっきりした好い感じは起らないものである。その代りそこいら中《じゅう》むしゃくしゃしていて、何となく野趣《やしゅ》がある。髯《ひげ》などはまことに御気の毒な位黒白乱生《こくびゃくらんせい》していた。いつか*ベーカーストリートで先生に出合った時には、鞭《むち》を忘れた*御者《カブマン》かと思った。

先生の白襯衣《シャツ》や白襟《しろえり》を着けたのは未だかつて見た事がない。いつでも縞《しま》の*フラネルをきて、むくむくした上靴《うわぐつ》を足に穿《は》いて、その足を煖炉《ストーブ》の中へ突き込む位に出して、そうして時々短い膝を敲《たた》いて——その時始めて気が附いたのだが、先生は消極的の手に金の指輪を嵌《は》めていた。——時には敲く代りに股を擦《こす》って、教えてくれる。もっとも何を教えてくれるのか分らない。聞いていると、先生の好きな所へ連れて行って、決して帰してくれない。そうしてその好きな所が、時候の変り目や、天気都合で色々に変化する。時によると昨日と今日で両極へ引越しをする事さえある。わるく云えば、まあ出鱈目《でたらめ》で、よく評すると文学上の座談をしてくれるのだが、今になって考えて見ると、一回七志位で纏《まとま》った規則正しい講義などの出来る訳のものではないのだから、これは先生の方がもっともなので、それを不平に考えた自分は馬鹿なのである。もっとも先生の頭も、その髯《ひげ》の代表する如《ごと》く、少しは乱雑に傾いていた様でもあるから、寧《むし》ろ報酬の値上をして、え

ベーカーストリート　ロンドン中心部のメリルボーン地区を南北に貫く繁華な通り。シャーロック・ホームズと縁の深い通りとしても知名。

御者　馬車の前に座って、鞭で馬を操り走らせる人。

フラネル　紡毛糸で粗く織った柔らかい起毛織物。肌着などに用いる。フランネルまたはネルとも言う。

らい講義をして貰わない方が可《よ》かったかも知れない。

中

先生の得意なのは詩であった。詩を読むときには顔から肩の辺《あたり》が陽炎《かげろう》の様に振動する。――嘘じゃない。全く振動した。その代り自分に読んでくれるのではなくって、自分が一人で読んで楽んでいる事に帰着して仕舞うから詰《つま》りはこっちの損になる。いつか*スウィンバーンの*ロザモンドとか云うものを持って行ったら、先生一寸《ちょっと》見せ玉《たま》えと云って、二三行朗読したが、忽《たちま》ち書物を膝の上へ伏せて、鼻《はな》眼鏡《めがね》をわざわざはずして、ああ駄目駄目スウィンバーンも、こんな詩を書く様に老い込んだかなあと云って嘆息された。自分がスウィンバーンの傑作*アタランタを読んでみようと思い出したのはこの時である。

先生は自分を小供《こども》の様に考えていた。君こう云う事を知ってるか、ああ云う事を分ってるかなどと愚《ぐ》にも附かない事を度々質問された。かと思うと、突然えらい問題を呈出《ていしゅつ》して急に同輩扱《あつかい》に飛び移る事がある。いつか自分の前で*ワトソンの詩を読んで、これは*シェレーに似た所があると云う人と、全く違っていると云う人とあるが、君はどう思うと聞かれた。どう思うたって、自分には西洋の詩が、まず眼に訴えて、しかる後《のち》耳を通過しなければ丸で分らないのである。そこで好《よ》

スウィンバーン　イギリスの詩人・批評家（一八三七年～一九〇九年）。イギリス俗物主義への反抗を示した官能的な詩集『詩と歌謡』三巻（一八六六年～八九年）などで知られる。

ロザモンド　一八九九年作の *Rosamund,Queen of the Lombards* のこと。

アタランタ　一八六五年作の *Atalanta in Calydon* のこと。ギリシア古典劇形式の詩劇で、スウィンバーンの出世作。

ワトソン　イギリスの詩人（一八五八年～一九三五年）。ワーズワースやテニソンの流れを汲む伝統派。

シェレー　イギリス浪漫派の代表的詩人（一七九二年～一八二二年）。シェリー。漱石は彼の詩の大ファンで、随所でその思いを書き残している。

い加減な挨拶をした。シェレーに似ている方だったか、似ていない方だったか、今では忘れて仕舞《しま》った。が可笑《おか》しい事に、先生はその時例の膝を叩いて僕もそう思うと云われたので、大いに恐縮した。

ある時窓から首を出して、遥かの下界を忙しそうに通る人を見下《みおろ》しながら、君あんなに人間が通るが、あの内《うち》で詩の分るものは百人に一人もいない、可愛相《かわいそう》なものだ。一体英吉利人《イギリスじん》は詩を解する事の出来ない国民でね。そこへ行くと愛蘭土人《アイルランドじん》はえらいものだ。はるかに高尚だ。——実際詩を味《あじわ》う事の出来る君だの僕だのは幸福と云わなければならない。と云われた。自分を詩の分る方の仲間へ入れてくれたのは甚《はなは》だ難有《ありがた》いが、その割合には取扱《とりあつかい》が頗《すこぶ》る冷淡である。自分はこの先生において未だ情合《じょうあい》というものを認めた事がない。全く器械的に喋舌《しゃべ》ってる御爺《おじい》さんとしか思われなかった。

けれどもこんな事があった。自分のいる下宿が甚《はなは》だ厭《いや》になったから、この先生の所へでも置いて貰おうかしらと思って、ある日例の稽古を済ましたあと、頼んで見ると、先生忽《たちま》ち膝を敲《たた》いて、成程《なるほど》、僕のうちの部屋を見せるから、来給《きたま》えと云って、食堂から、下女部屋から、勝手から、一応すっかり引っ張り回して見せてくれた。もとより四階裏の一隅《ひとすみ》だから広い筈はない。二三分かかると、見る所はなくなって仕舞った。先生はそこで、固《もと》の席へ帰って、君こういう家《うち》なんだから、何処《どこ》へも置いて上げる訳には行かないよと断るかと思うと、忽《たちま》ちワルト、*

＊ワルト、ホイットマン　アメリカの詩人（一八一九年〜九二年）。詩集『草の葉』（一八五五年）が有名。漱石は「文壇に於ける平等主義の代表者「ウオルト、ホイットマン」Walt Whitmanの詩について」という紹介文を残している。

ホイットマンの話を始めた。昔ホイットマンが来て自分の家へ少時《しばらく》逗留していた事がある――非常に早口だから、よく分らなかったが、どうもホイットマンの方が来たらしい――で、始めあの人の詩を読んだ時は丸で物にならない様な心持《こころもち》がしたが、何遍も読み過《すご》しているうちに段々面白くなって、仕舞いには非常に愛読する様になった。だから……

書生に置いて貰う件は、丸で何処《どこ》かへ飛んで行って仕舞った。自分はただ成行《なりゆき》に任せてへえへえ云って聞いていた。何でもその時はシェレーが誰とかと喧嘩をしたとか云う事を話して、喧嘩はよくない、僕は両方とも好きなんだから、僕の好きな二人が喧嘩をするのは甚《はなは》だよくないと故障を申し立てておられた。いくら故障を申し立てても、もう何十年か前に喧嘩をして仕舞ったのだから仕方がない。

先生は疎忽《そそっ》かしいから、自分の本などをよく置き違える。そうしてそれが見当らないと、大いに焦《せ》き込んで、台所にいる婆さんを、ぼやでも起った様に、仰山《ぎょうさん》な声をして呼び立てる。すると例の婆さんが、これも仰山な顔をして客間へあらわれて来る。

「お、おれの「ウォーズウォース*」は何処《どこ》へ遣《や》った」

婆さんは依然として驚いた眼を皿の様にして一応書棚を見廻しているが、いくら驚いても甚《はなは》だ慥《たし》かなもので、すぐに、「ウォーズウォース」を見附け出す。そうして、「ヒヤ、サー」と云って、聊《いささ》かたしなめる様に先生の前に突き附ける。

ウォーズウォース　ワーズワース（一五六頁脚注参照）の詩集を指す。

先生はそれを引ったくる様に受け取って、二本の指で汚《きた》ない表紙をぴしゃぴしゃ敲《たた》きながら、君、ウォーズウォースが……と遣《や》り出す。婆さんは、益《ます》驚《ます》いた眼をして台所へ退《さが》って行く。先生は二分も三分も「ウォーズウォース」を敲《たた》いている。そうして折角捜《せっかくさが》して貰った「ウォーズウォース」を遂に開けずに仕舞う。

下

先生は時々手紙を寄こす。その字が決して読めない。もっとも二三行だから、何遍でも繰返して見る時間はあるが、どうしたって判定は出来ない。先生から手紙がくれば差支《さしつかえ》があって稽古が出来ないと云うことと断定して始めから読む手数《てすう》を省く様にした。たまに驚いた婆さんが代筆をする事がある。その時は甚《はなは》だよく分る。先生は便利な書記を抱えたものである。先生は、自分に、どうも字が下手で困ると嘆息していられた。そうして君の方が余程《よほど》上手だと云われた。

こう云う字で原稿を書いたら、どんなものが出来るか心配でならない。先生は*アーデン、シェクスピヤの出版者である。よくあの字が活版に変形する資格があると思う。先生は、それでも平気に序文をかいたり、ノートを附けたりして済《すま》している。のみならず、この序文を見ろと云ってハムレットへ附けた*緒言《しょげん》を読まされた事がある。その次行って面白かったと云うと、君日本へ帰ったら是非この本

アーデン、シェクスピヤ　クレイグとR・H・ケイスの監修による三十七巻（一八九九年～一九二四年）のシェイクスピア全集。本文の校合と解釈が脚注に示され便利。Methuen 刊。
緒言　前書きのことで、ここではクレイグへの謝辞が掲げられている『ハムレット』の巻（一八九九年）に付されたダウデン（一九六頁脚注参照）執筆のものを指している。

を紹介してくれと依頼された。アーデン、シェクスピヤのハムレットは自分が帰朝後大学で講義をする時に非常な利益を受けた書物である。あのハムレットのノート程《ほど》周到にして要領を得たものは恐らくあるまいと思う。しかしその時はさほどにも感じなかった。しかし先生のシェクスピヤ研究にはその前から驚かされていた。

　客間を鍵の手に曲ると六畳程な小さな書斎がある。先生が高く巣をくっているのは、実を云うと、この四階の角で、その角のまた角に先生にとっては大切な宝物がある。――長さ一尺五寸幅一尺程な青表紙の手帳を約十冊ばかり併《なら》べて、先生はまがな隙《すき》がな、紙片《かみぎれ》に書いた文句をこの青表紙の中へ書き込んでは、吝坊《けちんぼう》が穴の開いた銭《ぜに》を蓄《ため》る様に、ぽつりぽつりと殖《ふ》やして行くのを一生の楽《たのし》みにしている。この青表紙が*沙翁字典《さおうじてん》の原稿であると云う事は、ここへ来出して暫《しばら》く立つとすぐに知った。先生はこの字典を大成《たいせい》する為に、*ウェールスのさる大学の文学の椅子を抛《なげう》って、毎日ブリチッシ、ミュージアムへ通う暇《ひま》をこしらえたのだそうである。大学の椅子さえ抛つ位だから、七志《シルリング》の御弟子を疎末《そまつ》にするのは無理もない。先生の頭のなかにはこの字典が終日終夜*槃桓磅礴《ばんかんほうはく》しているのみである。

　先生、*シュミッドの沙翁字彙《さおうじい》がある上にまだそんなものを作るんですかと聞いた事がある。すると先生はさも軽蔑を禁じ得ざる様な様子でこれを見給《みたま》えと云いながら、自己所有のシュミッドを出して見せた。見ると、さすがのシュミッドが

沙翁字典　クレイグが刊行を企図していたシェイクスピア辞典。

ウェールスのさる大学　アバリストウィス大学のこと。クレイグは一八七九年まで、この大学で英語・英文学の教授をしていた。

槃桓磅礴　ある考えが頭を占領し離れないこと。「槃桓」は陶淵明『帰去来兮辞』に由来する語で、止まって進まないさま。「磅礴」は『荘子』中の語で、満ちふさがるさま。

シュミットの沙翁字彙　アレクサンダー・シュミット（一八一六年〜八七年）の *Shakespeare-Lexicon*, 2 vols.（一八七四年〜七五年）のこと。サブタイトルに「シェイクスピアの作品における英語の語彙・句・文構造全てを網羅した完全な辞書」とある。

前後二巻一頁として完膚《かんぷ》なき迄《まで》真黒になっている。自分はへえと云ったなり驚いてシュミッドを眺めていた。先生は頗《すこぶ》る得意である。君、もしシュミッドと同程度のものを拵《こしら》える位なら僕は何もこんなに骨を折りはしないさと云って、また二本の指を揃《そろ》えて真黒なシュミッドをぴしゃぴしゃ敲《たた》き始めた。

「全体何時《いつ》頃から、こんな事を御始《おはじ》めになったんですか」

先生は立って向《むこ》うの書棚へ行って、しきりに何か捜し出したが、また例の通り焦《じ》れったそうな声でジェーン、ジェーン、おれのダウデン*は何《ど》うしたと、婆さんが出て来ないうちから、ダウデンの在所《ありか》を尋ねている。婆さんはまた驚いて出て来る。そうしてまた例の如くヒヤ、サーと窘《たしな》めて帰って行くと、先生は婆さんの一拶《いっさつ》には丸で頓着《とんじゃく》なく、餓《ひも》じそうに本を開けて、うんここにある。ダウデンがちゃんと僕の名をここへ挙げてくれている。特別に沙翁《さおう》を研究するクレイグ氏と書いてくれている。この本が千八百七十……年の出版で僕の研究はそれよりずっと前なんだから……自分は全く先生の辛抱に恐れ入った。序《つい》でに、じゃ何時《いつ》出来上るんですかと尋ねて見た。何時《いつ》だか分るものか、死ぬ迄遣《や》るだけの事さと先生はダウデンを元の所へ入れた。

自分はその後暫《しばら》くして先生の所へ行かなくなった。行かなくなる少し前に、先生は日本の大学に西洋人の教授は要《い》らんかね。僕も若いと行くがなと云って、何となく無情を感じた様な顔をしていられた。先生の顔にセンチメントの出たの

ダウデン　ダウデン（一八四三年～一九一三年）の著書のこと。ダウデンは一時代を築いたシェイクスピア学者で、クレイグも学んだダブリン大学の英文学教授。

はこの時だけである。自分はまだ若いじゃありませんかといって慰《なぐさ》めたら、いやいや何時《いつ》どんな事があるかも知れない。もう五十六だからと云って、妙に沈んで仕舞った。

日本へ帰って二年程したら、新着の文芸雑誌にクレイグ氏が死んだと云う記事が出た。沙翁《さおう》の専門学者であると云うことが、二三行書き加えてあっただけである。自分はその時雑誌を下へ置いて、あの字引はついに完成されずに、反故《ほご》になって仕舞ったのかと考えた。

ケーベル先生

上

木《こ》の葉《は》の間から高い窓が見えて、その窓の隅《すみ》から*ケーベル先生の頭が見えた。傍《わき》から濃い藍色《あいいろ》の烟《けむり》が立った。先生は烟草《たばこ》を呑《の》んでいるなと余は*安倍君に云った。この前ここを通ったのは何時《いつ》だか忘れて仕舞《しま》ったが、今日見ると僅《わず》かの間《ま》にも う大分《だいぶ》様子が違っている。*甲武線の崖上《がけうえ》は角並《かどなみ》新らしい立派な家に建て易《か》えられて、何《いず》れも現代的日本の産み出した富の威力と切り放《はな》す事の出来ない門構許《もんがまえばかり》である。その中に*先生の住居《すまい》だけが過去の記念《かたみ》の如《ごと》くたった一軒古ぼけたなりで残っている。先生はこの燻《くす》ぶり返った家の書斎に這入《はい》ったなり滅多《めった》に外へ出た事がない。その書斎は取《とり》も直《なお》さず先生の頭が見えた木の葉の間の高い所であった。

余と安倍君とは先生に導びかれて、敷物も何も足に触れない素裸《すはだか》のままの高い楷子段《はしごだん》を薄暗がりにがたがた云わせながら上《のぼ》って、階上の右手にある書斎に入った。そうして先生の今迄《まで》腰を卸《おろ》して窓から頭だけを出していた一番光に近い椅子

＊初出　『東京朝日新聞』一九一一年（明治44）七月十六日（上）、十七日（下）。なお、『大阪朝日新聞』には同十八日（上）、十九日（下）に発表された。岩波書店『漱石全集』（一九九三年版）所収の本作品は原稿を底本としている。

ケーベル先生　Koeber, Raphael von（一八四八年〜一九二三年）。ロシア生まれ。モスクワ高等音楽学校卒業後ドイツに移り住み、イェナ大学とハイデルベルク大学で哲学を学び、ショーペンハウアー研究で学位取得。一八九三年（明治26）に来日し、東京帝国大学で西洋哲学を講じ、漱石も薫陶を受けた。その後退職し帰国しようとしたが、第一次大戦勃発のためにかなわず、日本で没した。

に余は坐《すわ》った。そこで外面《そと》から射す夕暮に近い明《あか》りを受けて始めて先生の顔を熟視した。先生の顔は昔と左迄《さまで》違っていなかった。先生は自分で六十三だと云われた。余が先生の美学の講義を聴きに出たのは、余が大学院に這入《はい》った年で、慥《たし》か先生が日本へ来て始めての講義だと思っているが、先生はその時から已《すで》にこう云う顔であった。先生に日本へ来てもう二十年になりますかと聞いたら、そうはならない、たしか十八年目だと答えられた。先生の髪《かみ》も髯《ひげ》も英語で云うと*オーバーンとか形容すべき、ごく薄い麻の様な色をしている上に、普通の西洋人の通り非常に細くって柔かいから、少しの白髪《しらが》が生《は》えても丸で目立たないのだろう。それにしても血色が元の通りである。十八年を日本で住み古《ふる》した人とは思えない。

先生の容貌が永久にみずみずしている様に見えるのに引き易《か》えて、先生の書斎は耄《ぼ》け切った色で包まれていた。洋書というものは*唐本《とうほん》や和書よりも装飾的な背《せ》皮《がわ》に学問と芸術の派出《はで》やかさを偲《しの》ばせるのが常であるのに、この部屋は余の眼を射る何物をも蔵《ぞう》していなかった。ただ大きな机があった。色の褪《さ》めた椅子が四脚あった。マッチと*埃及烟草《エジプトたばこ》と灰皿があった。余は埃及烟草を吹かしながら先生と話をした。けれども部屋を出て、下の食堂へ案内される迄《まで》、余は遂に先生の書斎にどんな書物がどんなに並んでいたかを知らずに過ぎた。

花やかな金文字や赤や青の背表紙が余の眼を刺激しなかった許《ばか》りではない。純潔な白色でさえ遂に余の眼には触れずに済んだ。先生の食卓には常の欧洲人が必

安倍君　安倍能成（一八八三年～一九六六年）。哲学者・教育家。一高校長等を経て、第二次大戦後、文相・学習院長。

甲武線　御茶ノ水を起点に新宿を経由して八王子に至る鉄道路線。現・ＪＲ中央線の一部。

先生の住居　ケーベル先生は当時、東京市神田区駿河台鈴木町十九番地の男爵原田熊雄所有の邸宅に住んでいた。

オーバーン　「赤褐色の(auburn)」の意。

唐本　中国（唐土）からもたらされた書籍。

埃及烟草　エジプト産の葉タバコを原料に用いた紙巻きタバコ。ニコチン含量が少なく味は甘美。

要品とまで認めている白布《はくふ》が懸《かか》っていなかった。その代りにくすんだ*更紗形《さらさがた》を置いた布《きれ》が一杯に被《かぶ》さっていた。そうしてその布はこの間迄家《うち》に預っていた娘の子を嫁《かた》づける時に新調して遣《や》った布団《ふとん》の表と同じものであった。この卓を前にして坐った先生は、襟《えり》も襟飾《えりかざり》も着《つ》けてはいない。千筋《せんすじ》の縮《ちぢみ》の襯衣《シャツ》を着た上に、玉子色の薄い背広を一枚無造作に引掛《ひっか》けただけである。始めから儀式ばらぬ様にとの注意ではあったが、あまり失礼に当ってはと思って、余は白い襯衣《シャツ》と白い襟と紺の着物を着ていた。君が正装をしているのに私はこんな服《なり》でと先生が最前《さいぜん》云われた時、正装の二字を痛み入る許《ばかり》であったが、成程《なるほど》洗い立ての白いものが手と首に着いているのが正装なら、余の方が先生よりも余程《よほど》正装であった。

　余は先生に一人で淋《さび》しくはありませんかと聞いたら、先生は少しも淋しくはないと答えられた。西洋へ帰りたくはありませんかと尋ねたら、それ程西洋が好《い》いとも思わない、しかし日本には演奏会と芝居と図書館と画館がないのが困る、それだけが不便だと云われた。一年位暇《ひま》を貰って遊んで来ては何《ど》うですと促《うな》がして見たら、そりゃ無論遣《や》って貰える、けれどもそれは好まない。私がもし日本を離れる事があるとすれば、永久に離れる。決して二度とは帰って来ないと云われた。

更紗形　更紗に染め出したような文様。更紗は木綿や絹に人物・花・鳥獣などの模様を多色で染めたもの。

下

先生はこういう風にそれ程故郷を慕《した》う様子もなく、あながち日本を嫌う気色《けしき》もなく、自分の性格とは容《い》れ悪《にく》い程に矛盾な乱雑な空虚にして安っぽい所謂《いわゆる》新時代の世態《せたい》が、周囲の*過渡層《かどそう》の底から次第次第に浮き上《あが》って、自分をその中心に陥落せしめねば已《や》まぬ勢を得つつ進むのを、日毎《ひごと》眼前に目撃しながら、それを別世界に起る風馬牛の現象の如く余所《よそ》に見て、極《きわ》めて落ち付いた十八年を吾邦《わがくに》で過ごされた。先生の生活はそっと煤烟《ばいえん》の巷《ちまた》に棄てられた希臘《ギリシャ》の彫刻に血が通い出した様なものである。雑鬧《ざっとう》の中に己《おの》れを動かして如何《いか》にも静かである。先生の踏む靴の底には敷石を嚙《か》む鋲《びょう》の響《ひびき》がない。先生は*紀元前の半島の人の如くに、しなやかな革で作ったサンダルを穿《は》いて音《おと》なしく電車の傍《そば》を歩《あ》るいている。

先生は昔《むかし》し烏《からす》を飼っておられた。何処《どこ》から来たか分らないのを餌《え》を遣《や》って放し飼にしたのである。先生と烏とは妙な因縁に聞える。この二つを頭の中で結び付けると一種の気持が起る。先生が大学の図書館で書架の中から*ポーの全集を引き卸《おろ》したのを見たのは昔の事である。先生はポーも*ホフマンも好きなのだと云う。この夕《ゆうべ》その烏の事を思い出して、あの烏は何《ど》うなりましたと聞いたら、あれは死にました、凍《こご》えて死にました。寒い晩に庭の木の枝に留《とま》ったまんま、翌日《あくるひ》になると死んでいましたと答えられた。

過渡層　古いものから新しいものへと移る途中の層。

紀元前の半島の人　古代ギリシア人のこと。

ポー　アメリカの詩人・小説家（一八〇九年～四九年）。怪奇幻想小説や音楽性の高い詩でフランス象徴派などに大きな影響を与えた。

ホフマン　ドイツ浪漫派の小説家（一七七六年～一八二二年）。判事を務める傍ら絵画や音楽に通じ、夢幻的要素の強い数多くの小説を残した。

烏の序《ついで》に蝙蝠《こうもり》の話が出た。安倍君が蝙蝠は懐疑《スケプチック》な鳥だと云うから、何故《なぜ》と反問したら、でも薄暗がりにはたはた飛んでいるからと謎の様な答《こたえ》をした。余は蝙蝠の翼《はね》が好《すき》だと云った。先生はあれは悪魔の翼《はね》だと云った。成程《なるほど》画《え》にある悪魔は何時《いつ》でも蝙蝠の羽根を脊負《しょ》っている。

その時夕暮の窓際に近く日暮《ひぐら》しが来て朗《ほが》らに鋭どい声を立てたので、*卓《たく》を囲んだ四人《よったり》はしばらくそれに耳を傾けた。あの鳴声《なきごえ》にも以太利《イタリア》の連想があるでしょうと余は先生に尋ねた。これは先生が少し前に蜥蜴《とかげ》が美くしいと云ったので、青く澄んだ以太利《イタリア》の空を思い出させやしませんかと聞いたら、そうだと答えられたからである。しかし日暮《ひぐら》しの時には、先生は少し首を傾むけて、いや彼《あれ》は以太利《イタリア》じゃない、何《ど》うも以太利《イタリア》では聞いた事がない様に思うと云われた。

余らは熱い都の中心に誤って点ぜられたとも見える古い家の中で、静かにこんな話をした。それから菊の話と椿の話と鈴蘭《すずらん》の話をした。果物の話もした。その果物のうちでもっとも香りの高い遠い国から来たオレンジの露《つゆ》を搾《しぼ》って水に滴《したた》らして飲んだ。珈琲も飲んだ。すべての飲料のうちで珈琲が一番旨《うま》いという先生の嗜好《しこう》も聞いた。それから静かな夜の中に安倍君と二人で出た。

先生の顔が花やかな演奏会に見えなくなってから、もう余程になる。先生はピアノに手を触れる事すら日本に来ては口外せぬつもりであったと云う。先生はそれ程浮いた事が嫌《きらい》なのである。すべての演奏会を謝絶した先生は、ただ自分の部

卓を囲んだ四人　ケーベル先生、漱石、安倍能成、久保勉（まさる）の四人。久保は元海軍中尉の哲学者。

屋で自分の気に向いたときだけ楽器の前に坐る、そうして自分の音楽を自分だけで聞いている。その外《ほか》にはただ書物を読んでいる。

*文科大学へ行って、ここで一番人格の高い教授は誰だと聞いたら、百人の学生が九十人迄《まで》は、数ある日本の教授の名を口にする前に、まずフォン・ケーベルと答えるだろう。かほどに多くの学生から尊敬される先生は、日本の学生に対して終始渝《かわ》らざる興味を抱いて、十八年の長い間哲学の講義を続けている。先生が疾《と》くに索寞《さくばく》たる日本を去るべくして、未だに去らないのは、実にこの愛すべき学生があるが為である。

*京都の深田教授が先生の家にいる頃、何時《いつ》でも閑《ひま》な時に晩餐《ばんさん》を食べに来いと云われてから、行かずに経過した月日を数えるともう四年以上になる。漸《ようや》くその約を果して安倍君と一所《いっしょ》に大きな暗い夜の中に出た時、余は先生はこれから先、もう何年位日本にいるつもりだろうと考えた。そうして一度日本を離れればもう帰らないと云われた時、先生の引用した"no《ノー》 more《モア》, never《ネヴァー》 more《モア》"というポーの句を思い出した。

文科大学　旧制帝国大学を構成していた研究・教育部門の一つで、現在の東京大学文学部に相当。

京都の深田教授　深田康算（一八七八年〜一九二八年）。美学者で当時京都帝国大学教授の任にあった。

no more, never more　ポーの詩「大鴉」の中の反復句。

ケーベル先生の告別

ケーベル先生は*今日《きょう》日本を去る筈《はず》になっている。しかし先生はもう二三日前から東京にはいないだろう。先生は虚儀虚礼を嫌う念の強い人である。二十年前先生が大学の招聘《しょうへい》に応じて独乙《ドイツ》を立つときにも、先生の気性を知っている友人は一人も停車場へ送りに来なかったという話である。先生は影の如《ごと》く静かに日本へ来て、また影の如くこっそり日本を去る気らしい。

静かな先生は東京で三度居を移した。先生の知っている所は恐らくこの三軒の家と、そこから学校へ通う道路位なものだろう。かつて先生に散歩をするかと聞いたら、先生は散歩をする所がないから、しないと答えた。先生の意見によると、町は散歩すべきものでないのである。

こういう先生が日本という国について何も知ろう筈がない。また知ろうとする好奇心を有《も》っている道理もない。私が早稲田《わせだ》にいると云ってさえ、先生には早稲田の方角が分らない位である。*深田君に*大隈伯の宅《うち》へ呼ばれた昔を注意されても、先生は既に忘れている。先生には大隈伯の名さえ始めてであったかも知れない。

*初出　『東京朝日新聞』一九一四年（大正3）八月十二日。初出は総ルビとなっている。

今日　この文章が『東京朝日新聞』に掲載された一九一四年（大正3）八月十二日のこと。

深田君　深田康算（二〇三頁脚注参照）。

大隈伯　大隈重信（一八三八年〜一九二二年）。佐賀藩出身の政治家。東京専門学校（現・早稲田大学）創設。当時引退から復帰、二度目の首相を務めていた。

私が先月十五日*の夜晩餐《ばんさん》の招待を受けた時、先生に国へ帰っても朋友《ほうゆう》がありますかと尋ねたら、先生は南極と北極とは別だが、外《ほか》の所なら何処《どこ》へ行っても朋友はいると答えた。これはもとより笑談《じょうだん》であるが、先生の頭の奥に、区々*たる場所を超越した世界的の観念が潜んでいればこそこんな挨拶も出来るのだろう。またこんな挨拶が出来ればこそ、大した興味もない日本に二十年も永くいて、不平らしい顔を見せる必要もなかったのだろう。

場所ばかりではない、時間の上でも先生の態度は全く普通の人と違っている。郵船会社の汽船は半分荷物船《にもつぶね》だから船足が遅いのに何故《なぜ》それを択《えら》んだのかと私が聞いたら、先生はいくら永く海の中に浮いていても苦にはならない、それよりも日本から伯林《ベルリン》迄十五日で行けるとか十四日で着けるとか云って、旅行が一日でも早く出来るのを、非常の便利らしく考えている人の心持が解《わか》らないと云った。

先生の金銭上の考《かんがえ》も、全く西洋人とは思われない位無頓着である。先生の宅《うち》に厄介になっていたものなどは、随分経済の点にかけて、普通の家には見るべからざる自由を与えられているらしく思われた。この前会った時、ある蓄財家の話が出たら、一体あんなに金を溜めて何《ど》うする料簡《りょうけん》だろうと云って苦笑していた。先生はこれから先、日本政府から貰う恩給と、今迄の月給の余りとで、暮らして行くのだが、その月給の余りというのは、天然自然に出来た本当の余りで、用意の結果でも何でもないのである。

先月十五日　一九一四年（大正３）七月十五日。

区々　ばらばらでまとまりのないさま。まちまち。

すべてこんな風に出来上っている先生に一番大事なものは、人と人を結びつける愛と情《なさけ》だけである。ことに先生は自分の教えて来た日本の学生が一番好きらしく見える。私が十五日の晩に、先生の家を辞して帰ろうとした時、自分は今日本を去るに臨んで、ただ単簡に自分の朋友、ことに自分の指導を受けた学生*に、「左様なら御機嫌よう」という一句を残して行きたいから、それを朝日新聞に書いてくれないかと頼まれた。先生はその外《ほか》の事を云うのは厭《いや》だというのである。またいう必要がないと云うのである。同時に広告欄にその文句を出すのも好《この》まないというのである。私は已《やむ》を得ないから、ここに先生の許諾を得て、「さよなら御機嫌よう」の外《ほか》に、私自身の言葉を蛇足ながら付け加えて、先生の告別の辞が、先生の希望通り、先生の薫陶《くんとう》を受けた多くの人々の眼に留まるように取り計《はから》うのである。そうしてその多くの人々に代って、先生に恙《つつが》なき航海と、穏やかな余生とを、心から祈るのである。

学生　初出の新聞では「先生」と誤植されていた。

戦争から来た行違い

十一日の夜床《とこ》に着いてから間もなく電話口へ呼び出されて、ケーベル先生が出発を見合《みあわ》すようになったという報知を受けた。しかしその時はもう「告別の辞」*を社へ送ってしまった後なので私は何《ど》うする訳にも行かなかった。先生がまだ横浜の露西亜《ロシア》の総領事の許《もと》に泊っていて、日本を去る事の出来ないのは、全く今度*の戦争のためと思われる。従って私にこの正誤を書かせるのもその戦争である。つまり戦争が正直な二人を嘘吐《うそつき》にしたのだと云わなければならない。

しかし先生の告別の辞は十二日に立つと立たないとで変《かわ》る訳もなし、私のそれに付け加えた蛇足な文句も、先生の去留《きょりゅう》によってその価値に狂いが出て来る筈もないのだから、我々《われわれ》は書いた事云った事について取消《とりけ》しをだす必要はもとより認めていないのである。ただ「自分の指導を受けた学生によろしく」とあるべきのを、「自分の指導を受けた先生によろしく」と校正が誤っているのだけは是非《ぜひ》取り消して置きたい。こんな間違《まちがい》の起るのもまた校正掛《こうせいがかり》を忙殺する今度《こんど》の戦争の罪かも知れない。

＊初出　『東京朝日新聞』一九一四年（大正３）八月十三日。初出は総ルビとなっている。

「告別の辞」　「ケーベル先生の告別」のこと（二〇四頁参照）。

今度の戦争　一九一四年（大正３）七月二十八日に始まった第一次世界大戦。

解説

誰にとっても思い出深い先生がいるように、漱石にも恩師と呼べるような先生がいた。それが教師としての漱石の生き方にも多大な影響を及ぼしたと思われるこの二人。とくにケーベル先生とは大学院の学生であったころからの長い付き合いで、漱石はその学識と孤高ともいうべき人柄に深く魅了されていたようだ。

ここに収めた四つの文章は、漱石がその二人の思い出を綴ったもの。まず、冒頭の「クレイグ先生」だが、漱石は渡英直後にロンドン大学でケア教授の講義を聞く機会を得、そのケアから紹介されたのがクレイグだった。漱石はその後、彼の自宅に通って週一回個人教授を受けるようになるのだが、詩とシェイクスピアのほか何も眼中にないこの偏屈な学者に呆れつつ、いつしか親愛の情を抱くようになっていた。

また、次の「ケーベル先生」は一九一一年（明治44）七月十日、招かれて彼の私邸を訪ねた際の印象記。この時のようすは日記にも克明に記されているが、この文章は単なる記録を超えて漱石のケーベルに寄せる畏敬の思いを湛えている。

最後の「ケーベル先生の告別」と「戦争から来た行違い」はいわば対《つい》となる文章で、ケーベルの帰国が叶わなかった経緯を明かしているが、漱石があえて訂正文を掲げたのは、ケーベルの何よりも学生を重んずる教師としての姿勢に共感を覚えていたからにほかならない。

夏目漱石略年譜

西暦	和暦	満年齢	主な出来事	関連事項
一八六七	慶応3	0	二月九日（旧暦一月五日）、夏目直克・千枝夫妻の五男三女の末子として江戸牛込馬場下横町（現・新宿区喜久井町）に生まれる。本名、金之助。	大政奉還。
一八六八	慶応4 明治元	1	塩原昌之助・やす夫妻の養子となる。明治天皇の詔勅により江戸は東京となり、江戸府は東京府に改称。	戊辰戦争勃発。
一八七二	明治5	5	九月（旧暦八月）、学制公布。十二月、改暦。	福沢諭吉『学問のすゝめ』初編刊行。
一八七四	明治7	7	戸田学校下等小学（蔵前小学校の前身）第八級に入学。	台湾出兵。
一八七六	明治9	9	市谷学校上等小学（愛日小学校の前身）に転校。	
一八七七	明治10	10	東京大学創設。法・理・文・医の四学部と予備門を設置。	西南戦争。
一八七八	明治11	11	市谷学校を卒業。錦華学校小学尋常科に入学、卒業。	
一八七九	明治12	12	東京府第一中学校正則科に入学。正則科は中学課程の授業を日本語で行い、変則科は大学予備門入学を前提とした英語中心の授業を行っていた。	
一八八一	明治14	14	実母・千枝死去。東京府第一中学校を中退、二松学舎に入学。	
一八八二	明治15	15	二松学舎を退学。東京専門学校（早稲田大学の前身）開校。	

一八八三	明治16	16	大学予備門受験のため、成立学舎に入学。	
一八八四	明治17	17	大学予備門に入学。同年入学に正岡子規がいた。	
一八八六	明治19	19	帝国大学令の公布により、東京大学は工部大学校を統合して帝国大学に改組。法・医・工・文・理の五分科大学と大学院を設置。予備門は第一高等中学校となる。腹膜炎のため、進級試験を受けられず落第。これを契機に勉学に励む。	
一八八七	明治20	20	帝国大学文科大学に英文科開設。	二葉亭四迷「浮雲」発表。
一八八八	明治21	21	夏目姓に復籍。第一高等中学校本科に進学、英文学を専攻。	
一八八九	明治22	22	正岡子規との交際が始まり、子規の和漢詩文集『七艸集』への評で「漱石」の号を用いる。	大日本帝国憲法発布。
一八九〇	明治23	23	第一高等中学校本科を卒業し、帝国大学文科大学英文科に入学。主任教師はジェイムス・メーン・ディクソン。	第一回衆議院議員選挙。教育勅語発布。
一八九二	明治25	25	東京専門学校講師となる（一八九五年三月まで）。夏休みに松山の子規を訪ね、高浜虚子、河東碧梧桐らと出会う。文科大学英文学科三年の「教育学」の課題レポートとして「中学改良策」を執筆。	
一八九三	明治26	26	帝国大学文科大学英文科を卒業、大学院に進む。第一高等中学校と高等師範学校から講師の話があり、結果、高等師範学校の英語の嘱託講師となる。ラファエル・フォン・ケーベルが来日、帝国大学で西洋哲学を講じる（一九一四年に退職、一九二三年六月に横浜のロシア総領事館内の仮寓で病没）。	
一八九五	明治28	28	松山の愛媛県尋常中学校に嘱託講師として赴任。中根鏡子と婚約。	日清講和条約（下関条約）締結。

一八九六	明治29	29	熊本の第五高等学校に赴任。鏡子と結婚。ラフカディオ・ハーンが帝国大学文科大学英文科教師となる（一九〇三年三月まで）。	明治三陸地震発生、大津波襲来。
一八九七	明治30	30	実父・直克死去。京都帝国大学が設立され、帝国大学は東京帝国大学と改称。	
一八九九	明治32	32	長女筆子誕生。	義和団事件。
一九〇〇	明治33	33	文部省から給費留学生として二年間の英国留学を命ぜられる。九月八日、横浜を出帆、パリ万国博覧会などを見学して十月二十八日、ロンドンに到着。十一月七日、ロンドン大学の英文学者ウイリアム・P・ケア教授と会い、講義を聴講する。同月二十二日、ケア教授の紹介でシェイクスピア学者ウイリアム・J・クレイグから個人教授を受ける（週一回、翌年秋まで）	
一九〇一	明治34	34	次女恒子誕生。	
一九〇二	明治35	35	このころ、神経衰弱が進む。九月十九日、正岡子規死去（手紙で十一月に知らされる）。十二月五日、ロンドンを出帆、帰国の途につく。	日英同盟成立。
一九〇三	明治36	36	一月二十三日に帰国。翌二十四日に帰京。第五高等学校を退職し、東京帝国大学文科大学講師、第一高等学校英語嘱託講師となる。文科大学で「英文学概説」を講義（のちに『文学論』としてまとめられる）。一高での教え子の藤村操が投身自殺。三女栄子誕生。	
一九〇五	明治38	38	小説「吾輩は猫である」を『ホトトギス』に発表、翌年八月まで断続連載。これを機に作家としての名声を博す。「十八世紀英文学」を講義（のちに『文学評論』としてまとめられる）。『吾輩ハ猫デアル』上篇刊行（大倉書店・服部書店）。四女愛子誕生。	日露講和条約（ポーツマス条約）締結。

一九〇六	明治39	39	小説「坊っちゃん」を『ホトトギス』に、小説「草枕」を『新小説』に発表し、作家としての地位を固める。『吾輩ハ猫デアル』中編刊行。	
一九〇七	明治40	40	小説「坊っちゃん」「二百十日」「草枕」を収録した『鶉籠（うずらかご）』を春陽堂から刊行。東京帝国大学と第一高等学校を辞し、朝日新聞社に入社。『文学論』、『吾輩ハ猫デアル』下編を刊行（ともに大倉書店・服部書店）。小説「虞美人草」を朝日新聞紙上で連載。長男純一誕生。早稲田南町に転居、のちに「漱石山房」と呼ばれる。	
一九〇八	明治41	41	小説『虞美人草』刊行（春陽堂）。小説「三四郎」を朝日新聞紙上で連載。次男伸六誕生。	
一九〇九	明治42	42	『文学評論』、小説『三四郎』刊行（ともに春陽堂）。満州・朝鮮に旅行。	
一九一〇	明治43	43	小説『それから』刊行（春陽堂）。五女雛子誕生。療養先の伊豆修善寺で大量吐血、危篤状態に（いわゆる「修善寺の大患」）。	韓国併合。大逆事件。
一九一一	明治44	44	小説『門』刊行（春陽堂）。文学博士号を辞退。妻・鏡子とともに長野・新潟に講演旅行、六月十八日、信濃教育会で講演「教育と文芸」。五女雛子急死。	辛亥革命。
一九一四	大正3	47	小説『行人』（大倉書店）、『こゝろ』（岩波書店）を刊行。十一月二十五日、学習院で講演「私の個人主義」。	第一次世界大戦勃発。
一九一六	大正5	49	小説「明暗」を朝日新聞紙上で連載開始（翌年岩波書店から刊行）。十二月九日、胃潰瘍が悪化し、死去。	

参考文献

＊底本とした岩波書店刊『漱石全集』（1993年版）を除く。

三好行雄編『漱石文明論集』岩波文庫、1986年
『漱石人生論集』講談社学術文庫、2015年
十川信介編『漱石追想』岩波文庫、2016年
小森陽一編著『夏目漱石、現代を語る――漱石社会評論集』角川新書、2016年
矢島裕紀彦監修『夏目漱石　100の言葉』宝島社、2016年
夏目鏡子述・松岡譲筆録『漱石の思い出』文春文庫、1994年
『新潮日本文学アルバム2　夏目漱石』新潮社、1983年
川島幸希『英語教師　夏目漱石』新潮選書、2000年
『漱石山房秋冬――漱石をめぐる人々』新宿区地域文化部文化国際課、2007年
石原千秋『反転する漱石 増補新版』青土社、2016年
矢口進也『漱石全集物語』岩波現代文庫、2016年
十川信介『夏目漱石』岩波新書、2016年
文部省編『学制百年史』帝国地方行政学会、1972年

福田昇八「夏目教授五高最後の試験問題」（『英語青年』1997年9月号）
村田由美「『漱石全集』未収録「アーサー、ヘルプスの論文」について」（総合文化誌『KUMAMOTO』第15号、2016年6月）
長島裕子「漱石が翻刻した英語の教科書――丸善発行のアーサー・ヘルプスの文集」（『図書』第813号、2016年11月）
西川盛雄「ハーンと漱石の英語授業と試験問題」（講演資料）熊本大学、2016年

「夏目漱石デジタル文学館」県立神奈川近代文学館
http://www.kanabun.or.jp/souseki/index.html
「夏目漱石ライブラリ」東北大学附属図書館
http://www.library.tohoku.ac.jp/collection/collection/soseki/
「学校系統図」文部科学省
http://www.mext.go.jp/b_menu/hakusho/html/others/detail/1318188.htm

写真提供　熊本大学五高記念館

協力　　　松井貴子
本文組版　武 秀樹
編集担当　竹中龍太

大井田義彰（おおいだ　よしあき）

一九五七年群馬県生まれ。東京学芸大学卒業。早稲田大学大学院文学研究科博士後期課程単位履修退学。現在、東京学芸大学教授。専門は日本近現代文学。二〇〇九年四月から一二年三月まで東京学芸大学附属世田谷小学校長を務める。著書・論文に『《文学青年》の誕生――評伝・中西梅花』（七月堂、二〇〇六）、「江戸・東京の青山半蔵――『夜明け前』ノート」（『島崎藤村　文明批評と詩と小説と』双文社、一九九九）、「『文学界』の中の一葉――「大つごもり」と〈侠〉」（『論集　樋口一葉Ⅲ』おうふう、二〇〇二）、「「或る『小倉日記』伝」と強者の論理――モデルの扱い方を起点として」（『松本清張研究』第一四号、二〇一三）、「〈男のロマン〉の行方――五木寛之『青春の門』をめぐって」（『アジア文化』第三一号、二〇一四）などがある。

教師失格　夏目漱石教育論集

二〇一七年四月二十五日　初版第一刷発行

著　者　夏目金之助
編　者　大井田義彰
発行者　村松泰子
発行所　東京学芸大学出版会
東京都小金井市貫井北町四－一－一　東京学芸大学構内
郵便番号一八四－八五〇一
電話番号〇四二－三二九－七七九七
ＦＡＸ番号〇四二－三二九－七七九八
E-mail　upress@u-gakugei.ac.jp

装丁者　桂川　潤
印刷・製本　シナノ印刷株式会社

ISBN978-4-901665-49-0